AVERTISSEMENT

Conformément à la loi sur la protection des mineurs, ce livre est interdit aux moins de 18 ans. Tous les personnages représentés dans les scènes d'ordre sexuel dans ce livre sont âgés de plus de 18 ans et plus. Aucun mineur n'a été utilisé comme modèle pour la création des personnages représentés. Portez des préservatifs en toutes circonstances !

SETONA MIZUSHIRO

キュウソハチーズノユメヲミル

LE JEU DU CHAT ET DE LA SOURIS

RÉSERVÉ AUX ADULTES

LE JEU DU CHAT ET DE LA SOURIS

SOMMAIRE

KISSING GOURAMI........3
LE SERPENT D'ÉDEN........43
LE CHAT NOIR ADMIRE LA LUNE
(NOUVELLE INÉDITE)........84
LES DOIGTS GLACÉS DU CHAT NOIR....89
LE JEU DU CHAT ET DE LA SOURIS........129

KISSING GOURAMI

HÉ IMAGASÉ !
ON AVAIT CONVENU QUE CE SERAIT JUSTE UN BAISER !
NDT : * NOM RESPECTUEUX DONNÉ AUX AÎNÉS
BIEN SÛR !
JE SUIS...
JE NE TE FERAI RIEN DE PLUS, OTOMO-SENPAÏ*.
C'EST JUSTE POUR ÉVITER DE FROISSER TA VESTE.
NE SOIS PAS SI NERVEUX...
LA VICTIME D'UN CHANTAGE.

JE N'AURAIS JAMAIS CRU ENQUÊTER SUR TOI UN JOUR...
IL Y A DEUX ANS, TU AS BIEN EU UNE RELATION AVEC UNE INTÉRIMAIRE ?
TU N'ES PAS SI HONNÊTE QUE TU EN AS L'AIR.
MA FEMME A CONTACTÉ UNE AGENCE AFIN D'ENQUÊTER SUR MES INFIDÉLITÉS ...
ET LE HASARD A FAIT QU'ELLE EST TOMBÉE SUR IMAGASÉ, QUE J'AVAIS CONNU À LA FAC.
NOS RETROUVAILLES APRÈS SEPT ANS S'ANNONÇAIENT PLUTÔT MAL.
MAIS... ÇA N'A PAS DURÉ BIEN LONGTEMPS.
ET PUIS JE N'AI RIEN FAIT, C'EST ELLE QUI M'A OBLIGÉ...
SI TU NE VEUX PAS QUE TA FEMME VOIE CE RAPPORT,
JE VEUX BIEN NÉGOCIER...
NON, PAS EN LIQUIDE...
MAIS EN ÉCHANGE DE TON CORPS.

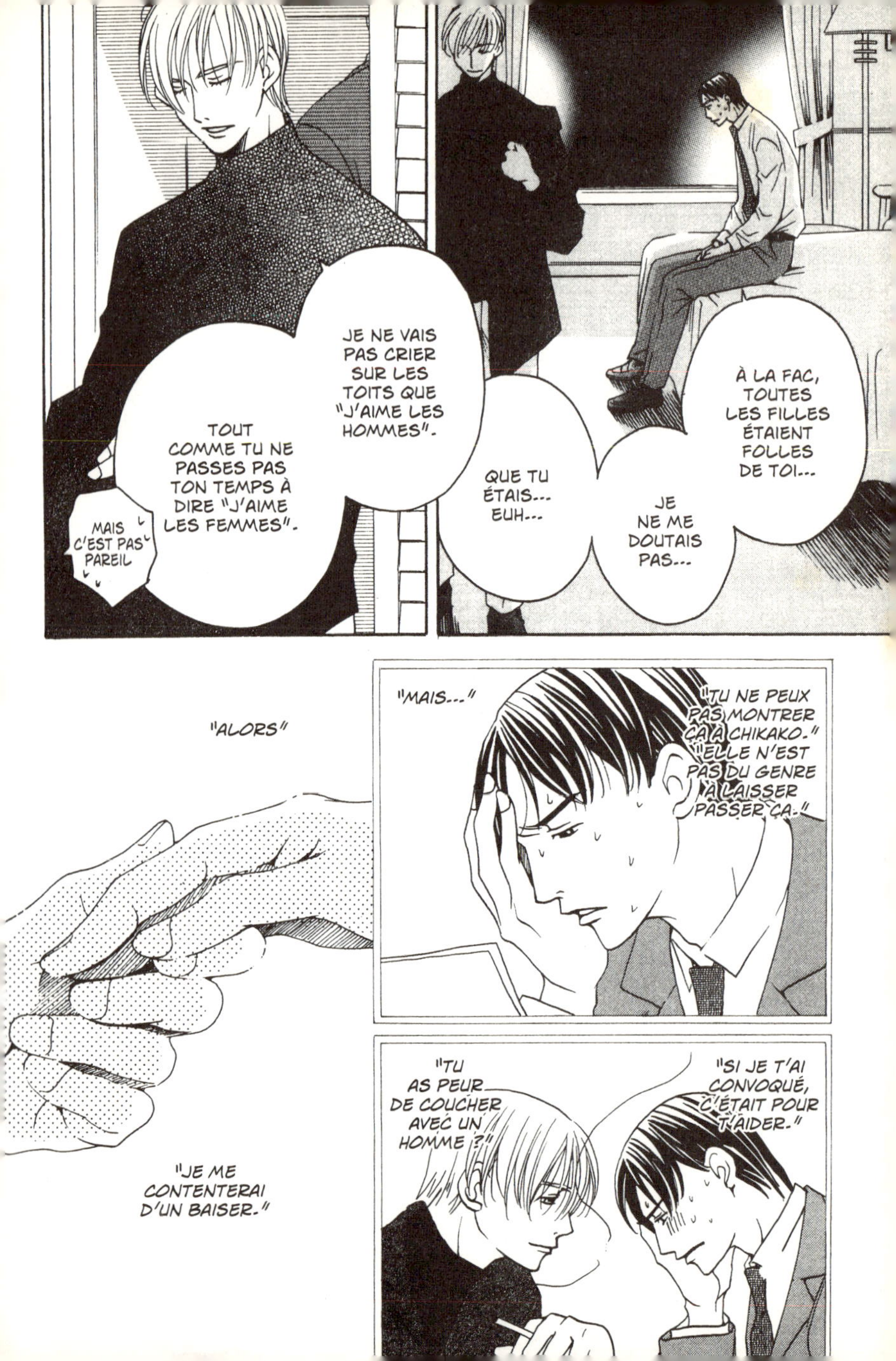
À LA FAC, TOUTES LES FILLES ÉTAIENT FOLLES DE TOI...
JE NE ME DOUTAIS PAS...
QUE TU ÉTAIS... EUH...
JE NE VAIS PAS CRIER SUR LES TOITS QUE "J'AIME LES HOMMES".
TOUT COMME TU NE PASSES PAS TON TEMPS À DIRE "J'AIME LES FEMMES".
MAIS C'EST PAS PAREIL
"TU NE PEUX PAS MONTRER ÇA À CHIKAKO." "ELLE N'EST PAS DU GENRE À LAISSER PASSER ÇA."
"MAIS..."
"SI JE T'AI CONVOQUÉ, C'ÉTAIT POUR T'AIDER."
"TU AS PEUR DE COUCHER AVEC UN HOMME ?"
"ALORS"
"JE ME CONTENTERAI D'UN BAISER."

QUAND JE REPENSE À MES ANNÉES DE FAC, J'EN AI LE CŒUR SERRÉ.
À L'ÉPOQUE,
TU ÉTAIS LA SEULE PERSONNE QUI COMPTAIT À MES YEUX.
J'ÉTAIS LOIN DE M'IMAGINER...
QUE JE T'EN PARLERAIS COMME ÇA, DES ANNÉES APRÈS...

JE SUIS RENTRÉ...
301
KYOICHI ET CHIKAKO OTOMO
CLAC
...
CLIC
ELLE EST DÉJÀ COUCHÉE...
OH !
UN NOUVEAU CANAPÉ... ET DES RIDEAUX NEUFS.
C'EST VRAI QU'ELLE VOULAIT EN RACHETER.
ZZZ
ZZZ

SNIF
JE SENS LA CIGA-RETTE...
VITE, UNE DOUCHE.
"POURQUOI TU RÉSISTES ?"
"ALLEZ, OUVRE LA BOUCHE."

PAS AVEC LA LANGUE !
HEIN ? QU'EST-CE QUE TU RACONTES, À TON ÂGE !
JE VEUX PAS !! ÇA, NON !!
FRISH
TU N'ES PAS EN MESURE DE ME COM-MANDER...
TU SAIS ?
CROC
OUH
...
T...

ARGH
J'ARRIVE PAS À DORMIR.
OUBLIE ! IL FAUT OUBLIER !!
S'IL SUFFISAIT DE ÇA POUR SAUVER MON MARIAGE...
ALORS J'AI BIEN FAIT !
C'EST LA PREMIÈRE ET LA DERNIÈRE FOIS... PLUS JAMAIS, JE N'AURAI À...
HOTEL CROWN TOKYO
ひら FLIP
FLIP ひら

QU'EST-CE QUE JE FAIS ENCORE LÀ, MOI ?
J'AI DU NOUVEAU SUR TOI.
!!
MAIS... ET NOTRE DEAL !?
J'AI ÉTOUFFÉ L'AFFAIRE !
MAIS TA FEMME A VOULU POURSUIVRE, ET VOILÀ LE RÉSULTAT.
UNE FEMME QUE TU AS CONNUE, IL Y A QUATRE ANS, VIA TON TRAVAIL.
MOINS D'UN AN APRÈS TON MARIAGE...
C'EST DÉPLORABLE !
AAH, TU ME DÉÇOIS.
HEIN ?
MAIS NON !!
ENFIN SI... MAIS JE N'ÉTAIS PAS EN POSITION DE REFUSER...
ET C'ÉTAIT JUSTE DEUX OU TROIS FOIS ! J'AI VITE COUPÉ LES PONTS !!
TU N'AS RIEN FAIT, C'EST ELLE QUI S'EST MARIÉE.
TOUT COMME L'AUTRE FOIS, TU T'ES LAISSÉ FAIRE.
MAIS OUI, JE SUIS PLUTÔT UNE VICTIME ! JE NE FAIS JAMAIS RIEN, C'EST ELLES QUI...
OK, JE VAIS DONNER TOUT ÇA À TA FEMME.
TU T'EXPLIQUERAS AVEC ELLE...
...

IMAGASÉ...
TU NE POURRAIS PAS TE METTRE EN COSTARD, AU MOINS ?
ÇA TE BRANCHERAIT PLUS ?
ARRÊTE.
C'EST PARCE QU'ON NE FAIT PAS TRÈS NATURELS...
NE T'EN FAIS PAS, PERSONNE NE S'IMAGINE QU'ON EST UN COUPLE ADULTÈRE GAY.
!!
SI TU CROIS QUE JE VAIS CONTINUER À ME LAISSER FAIRE...
IL Y A DONC D'AUTRES SECRETS À DÉCOUVRIR... TU ME SURPRENDS.
"ELLE M'A FORCÉ", "JE N'AI RIEN FAIT".
DU DÉBUT À LA FIN, TOUT EST "SA FAUTE".
JE SUIS TROP GENTIL...
AH OUI ?
ENFIN, C'EST BIEN GRÂCE À TA FAIBLESSE QUE JE PEUX TE FAIRE CE QUE JE VEUX.
JE TE RAPPELLE QUE C'EST JUSTE UN BAISER !
ET QUE TU L'OBTIENS EN ME FAISANT CHANTER !
VLAM

TU AS RAISON.
MON COMPORTEMENT EST MÉPRISABLE.
MAIS À CETTE ÉPOQUE,
JE N'ÉTAIS MÊME PAS EN MESURE D'Y RECOURIR...

M...
...
...
...
TU PUES LA CIGARETTE.
DÉSOLÉ.
TU NE FUMES PLUS ?
J'AI ARRÊTÉ.
CHIKAKO NE VOULAIT PAS.
...
QUEL BON MARI TU FAIS.
DEPUIS UN AN, TA FEMME CUMULE LES DÉPENSES SUR TA CARTE BANCAIRE.
RÉCEMMENT, ELLE A PRIS UN CANAPÉ ET DES RIDEAUX.
TU FOUINES À CE POINT-LÀ ?
JE NE PEUX PAS FAIRE GRAND CHOSE D'AUTRE POUR SON PLAISIR...
ET LE SEXE ?
ELLE N'AIME PAS TROP ÇA... C'EST COMME ÇA DEPUIS LE DÉBUT.

C'EST ASSEZ DÉPRIMANT D'ESSUYER UN REFUS...
ALORS J'AI LAISSÉ TOMBER.
S'IL SUFFIT DE PAYER POUR LUI FAIRE PLAISIR, C'EST BEAUCOUP PLUS FACILE...
HAA... AH !
AH !
...
HA...
TIP
MM
MM !
SLUP
SLUP
HA...

ZIP
HÉ !
CLIC
CLIC
JUSTE UN BAISER, J'AI DIT !
JE SAIS...
MAIS JE PEUX BIEN T'EMBRAS-SER OÙ JE VEUX.
FRISH
HÉ...
TU N'AS QU'À RESTER ALLON-GÉ...
ET TE RÉPÉTER QUE TOUT EST MA FAUTE
TU AIMES LA FACILITÉ, N'EST-CE PAS ?
TU ES FAIT POUR ÊTRE...
PASSIF...

AAH...
AH
BRR
AH
JE N'AI QU'À RESTER ALLONGÉ...
FF
...!
POUR ÊTRE COMBLÉ PAR LES SOINS LES PLUS ATTENTIONNÉS.
NON...
JE NE PEUX PAS...

JE NE PEUX PAS M'EMPÊCHER D'Y PREN-DRE...
UN PEU DE PLAISIR...
...
...
CHIKAKO ?
OUI, KYO ?
...
EUH...

...
ÇA TE DIRAIT, UN PEU DE SHOPPING ?
ÇA VA TRÈS BIEN AVEC VOTRE TEINT CLAIR.
OOH, C'EST VRAI ?
MAIS LAQUELLE JE VAIS PRENDRE ?
IL ME FAUDRAIT DES CHAUSSURES POUR ALLER AVEC CETTE ROBE ♡
OK.
ALLONS-Y.
TROP CHOUUU !
OUAAAAH !!!
CELLE-LÀ AUSSI ! ET CE SAC EST TROP MIGNON !!
TROOP CHOUU !
AAAH
AAAH
ELLE EST SUPER EXCITÉE...

JE NE SAIS PAS QUOI DIRE QUAND ON SE RETROUVE SEULS.
ON N'A PAS LES MÊMES GOÛTS POUR LES FILMS.
DEPUIS QUAND ON EST DEVENUS COMME ÇA ?
LE SHOPPING, C'EST LA PAIX DU MÉNAGE !
OPEN
IMAGA-SÉ...
UN AMI À LUI ?

OWN TOKYO
ÇA M'ÉTON-NAIT QUE TU DEMANDES À ME VOIR DE TOI-MÊME...
MAIS TU AS L'AIR IRRITÉ.
JE SUIS POURTANT VENU EN COSTARD, COMME TU LE VOULAIS.

JE T'AI APERÇU HIER...
DANS UN RESTO AVEC UN AQUARIUM ...
OUI.
JE MANGEAIS AVEC UN AMI.
TU FAIS DU PIED À UN "AMI", TOI ?
AH...
TU AS VU ? ALORS PAS LA PEINE DE FAIRE TOUS CES DÉTOURS.
C'EST BIEN MON PETIT AMI,
ON VIT PRESQUE ENSEMBLE.
SI C'EST LE CAS...
POURQUOI M'AVOIR FAIT ÇA ?

MAIS ON N'A QUASIMENT RIEN FAIT...
À MOINS QUE TU NE SOIS JALOUX ?
ÇA NE TE CONCERNE PAS.
GMM
DÉ-SOLÉ.
C'ÉTAIT JUSTE DE LA PROVO-CATION.
JE VOULAIS TE VOIR FÂCHÉ.
TU AS SONGÉ À ME LANCER CE VERRE, HEIN ? MAIS TU T'ES RETENU...
PARCE QU'ON NOUS REGARDE.
TU ES TELLEMENT PRÉVISIBLE.
TU... !
JE T'AIME VRAIMENT.

JE T'AIME DEPUIS MA PREMIÈRE ANNÉE,
JE PASSAIS LE PLUS CLAIR DE MON TEMPS À PENSER À TOI.
J'ENVIAIS TOUS CEUX ET TOUTES CELLES AVEC QUI TU PARLAIS...
J'EN DEVENAIS FOU !
ALORS, DEPUIS TOUT CE TEMPS...
J'AURAIS DÛ RESTER SEUL ? ALORS QUE JE NE SAVAIS MÊME PAS SI J'ALLAIS TE REVOIR ?
MAIS NON !
JE M'EN FICHE COMPLÈTEMENT DE SAVOIR QUI TU AIMES !!
MAIS SI TU AS QUELQU'UN, TU DOIS LUI ÊTRE FIDÈLE.
C'EST MALHONNÊTE D'EN DRAGUER UN AUTRE !!

MAIS ÇA VA PAS ! ON...
ON DIRAIT UNE DISPUTE DE COUPLE !!
C'EST ÇA, NON ?
ÇA M'A TOUT L'AIR D'UNE HISTOIRE DE COUCHERIE QUI DÉGÉNÈRE...
CLAC
LES DISCOURS MORALISATEURS SONT TOUJOURS LÀ POUR CACHER SES PROPRES VICES.
SI TU ME LE DEMANDES, JE PEUX LE QUITTER LÀ, TOUT DE SUITE.
CINQ MINUTES AU TÉLÉPHONE SUFFIRONT.
QUOI...
BAM

NE T'APPROCHE PLUS JAMAIS DE MOI !!
T'AS QU'À LES ENVOYER, TES COMPTES RENDUS !
FAIS TON TRAVAIL !!
ON SE DÉBROUILLERA ENTRE NOUS.
APRÈS TOUT, CHIKAKO ET MOI, ON EST MARIÉS...
C'EST FINI !
NE ME HARCÈLE PLUS JAMAIS !!
C'EST FINI...
JE NE ME LAISSERAI PLUS AVOIR.

DEMANDE DE DIVORCE
Date : ... / ... / ... (jj/mm/aaaa)
Date d'envoi : ... / ... / ...
Adressée à :
(Noms)
Nom de l'époux
... / ... / ... (jj/mm/aaaa)
Nom de l'épouse
OTOMO
CHIKAKO
07 / 01 / 1976 (jj/mm/aaaa)
NISHIMUKIGAYA OTA-KU TOKYO
Numéro
KYO... JE...
JE VOUDRAIS QU'ON SE SÉPARE...

IMAGASÉ !
IL A ÉTÉ SUPER RAPIDE !
EUH...
ATTEND CHIKAKO !
J'AI EU TORT !! JE M'EXCUSE !!
JE ME SUIS TOUJOURS LAISSÉ FAIRE...
MAIS ÇA N'ARRIVERA PLUS...
TU N'AS RIEN FAIT DE MAL, KYO.
PARDON... TOUT EST MA FAUTE.
HEIN ?
J'AI DEMANDÉ À UNE AGENCE...
D'ENQUÊTER SUR TES RELATIONS EXTRACONJUGALES.
SI TU AVAIS EU DES AVENTURES...
J'AURAIS PU AVOIR DES DOMMAGES ET INTÉRÊTS...
MAIS RIEN N'EN EST SORTI.
TU N'AS RIEN FAIT DE MAL.
TU AS ÉTÉ UN MARI EXEMPLAIRE.

...
MAIS ALORS... ON A AUCUNE RAISON DE SE SÉPARER...
J'AI FAIT QUELQUE CHOSE QUI T'A DÉPLU ?
TU SAIS... TOUS LES JOURS, JE NE PENSE QU'AU SHOPPING.
JE VAIS ACHETER ÇA,
ET DEMAIN, CE SERA ÇA...
TU RAMÈNES L'ARGENT ET JE LE DÉPENSE.
ON N'A JAMAIS EU QUE ÇA, COMME LIEN... ALORS...
MAIS JE NE VEUX PLUS RIEN,
JE N'ATTENDS PLUS RIEN DE TOI.
"PLUS RIEN"...
MAIS...
JE FERAI TOUT CE QUE TU ME DIRAS !
Y A BIEN QUELQUE CHOSE ?
PAS DES TRUCS TROP CHERS, MAIS... JE PEUX T'AIDER DANS LES TRAVAUX MÉNAGERS, PAR EXEMPLE.
TU ATTENDS TOUJOURS ...
QUE JE PROPOSE QUELQUE CHOSE.
ÇA ME DÉGOÛTE.

ALORS JE ME SUIS DÉJÀ TROUVÉ QUELQU'UN D'AUTRE.

PRRRRR
VRRR
BIP
OUI.
IMAGASÉ !!
PRRRR
VRRR
TU LE SAVAIS, HEIN ?!
TU SAVAIS QUE CHIKAKO VOULAIT DIVORCER ET QU'ELLE AVAIT UN AMANT...
ATTENDS, LÀ, JE NE PEUX PAS TE...
JE TE RAP...
RÉPONDS-MOI !!
TU SAVAIS QU'ON FINIRAIT PAR DIVORCER.
MAIS TU M'AS PROPOSÉ TON DEAL MINE DE RIEN...
...
JE CROYAIS QUE TU TENAIS À TA FEMME.
C'EST PARCE QUE JE CROYAIS QU'ELLE TENAIT À MOI !!
SI J'AVAIS SU TOUT ÇA AVANT, JE N'AURAIS JAMAIS...

TU NE VEUX PAS DE QUELQU'UN QUI NE TIENT PAS À TOI ?
C'EST ÉVIDENT !!
ALORS SI QUELQU'UN T'AIME, TU LUI RENDS LA PAREILLE.
BIEN SÛR !
C'EST ÇA, L'AFFECTION !!
CLANG
...
ÇA... C'EST UNE AUTRE HISTOIRE...
JE T'AIME À EN MOURIR.
TU VAS M'AIMER EN RETOUR ?
TU VOIS,
TU ES RETORS, MESQUIN ET EXIGEANT.
TU N'AS RIEN DE "GENTIL".

TU N'AIMES JAMAIS PERSONNE DE TOI-MÊME,
MAIS TU VEUX ÊTRE AIMÉ DE TOUS ET TU FEINS DE TE LAISSER FAIRE.
TU TE POSES EN VICTIME ET TU CONTINUES À ATTENDRE "QUELQU'UN QUI T'AIMERA ENCORE PLUS".
QU...
QUOI ! TU ME CHERCHES...
TU VEUX CONTINUER À CHERCHER ÉTERNELLEMENT...
LA PERSONNE QUI T'AIMERA LE PLUS AU MONDE ?
DANS CE CAS, SENPAÏ,
JE SUIS LE SEUL QUI TE RESTE.
UNE PERSONNE QUI T'AIMERA PLUS QUE MOI...
NE PEUT PAS EXISTER !

CRAAASH
HÉ ?
C'ÉTAIT QUOI, CE BRUIT...
BAM
RIEN DU TOUT...
JUSTE UNE TASSE QUI S'EST CASSÉE...
...
TOUT EST MA FAUTE...
JE SUIS DÉSOLÉ... JE T'AI CAUSÉ DU TORT.
POUR TON DIVORCE, C'EST MA FAUTE AUSSI.
HEIN... MAIS JE N'AI PAS DIT ÇA.
C'EST DE L'IRONIE ?
TU TE SENTIRAS MIEUX EN REJETANT LA FAUTE SUR UN AUTRE !
ALORS SERS-TOI DE MOI.

SENPAÏ...
PORTE-TOI BIEN.
ADIEU.

QUOI !
"JE T'AIME" ET PUIS "ADIEU" ?!
IL M'AURA FLOUÉ JUSQU'AU BOUT...
CRR
...
JE RESSENTAIS UN GRAND VIDE EN MOI...
JE ME SUIS FORCÉ À CROIRE QUE C'ÉTAIT DÛ À MON DIVORCE...
POUR RÉUSSIR À M'ENDORMIR.

VRRR
DRIIIING

ÇA FAIT UN PETIT MOMENT.
OUAH, C'EST LE VIDE DANS TON APPART' !
J'AURAIS DÛ TE RAMENER UN POT DE FLEUR.
PAS LA PEINE... J'AI LA FLEMME D'ARROSER.
TU SAVAIS OÙ J'AVAIS EMMÉNAGÉ ?
HÉ
DEPUIS UN CERTAIN TEMPS.
MAIS J'ATTENDAIS QUE TU TE SENTES UN PEU SEUL POUR VENIR TE VOIR.
BOF... ÇA SE PASSE BIEN.
EN SIX MOIS, JE ME SUIS HABITUÉ.
C'EST MOINS CON-TRAIGNANT COMME ÇA.
ET TOI ?
ÇA MARCHE AVEC... TON PETIT AMI ?
HEIN ?
AH... NON !
ÇA FAIT UN MOMENT QU'ON S'EST QUITTÉS.
POURQUOI TU ME DEMANDES ÇA ?
EUH... POUR RIEN...

JE SUIS LIBRE.
TU VEUX SORTIR AVEC MOI ?
TU RIGOLES !
POURQUOI JE SORTI-RAIS AVEC UN MEC ?
AH ?
ALORS ...
ON POURRAIT ALLER BOIRE UN VERRE DE TEMPS EN TEMPS ?
ET PUIS... MANGER DANS UN RESTO SYMPA...
JOUER AU TENNIS LE WEEK-END...
POUR LES VACANCES...
VOYONS...
ON POURRAIT ESSAYER LES SOURCES THERMALES.

LES BAINS ?
POURQUOI PAS ?

LE SERPENT D'ÉDEN

Réunion des anciens du lycée Hokusho
OTOMO, J'AI ENTENDU DIRE QUE TU ÉTAIS DIVORCÉ...
C'ÉTAIT DONC VRAI.
OUI, ENFIN...
C'EST DOMMAGE.
HEIN ?
JE PEUX TE LE DIRE MAINTE-NANT :
QUAND ON ÉTAIT AU LYCÉE, J'ÉTAIS AMOUREUSE DE TOI...
"UNE RÉUNION D'ANCIENS ÉLÈVES ? OH NON..."
"JE TE CONNAIS... LA FILLE QUE TU TROUVAIS MIGNONNE SERA DEVENUE UNE BELLE FEMME MARIÉE..."
"ET À LA MOINDRE OCCASION, TU VAS TOMBER SOUS LE CHARME."

OH...
MAIS...
C'EST PLUTÔT MOI QUI ÉTAIS AMOUREUX DE TOI À L'ÉPOQUE... MIZUNO...
BOBOM
LES PRÉDICTIONS D'IMAGASÉ SE RÉALISENT TELLEMENT QUE, PARFOIS, ÇA FAIT PEUR...
AH... C'EST "NISHIMURA" MAINTENANT.
HÉ OUI !
JE SUIS VIEILLE ET MAMAN.
MAIS NON...
TU N'AS PAS CHANGÉ,
TU ES MÊME MIEUX...
KYOÏCHI ! TU DRAGUES À PEINE REDEVENU CÉLIBATAIRE !!
TOUCHE PAS AUX FEMMES MARIÉES !
CE N'EST PAS CE QUE VOUS CROYEZ...
JE SAIS QUE C'EST TRISTE DE SE RETROUVER SEUL !
LE SENTIMENT D'ISOLEMENT QUAND ON MANGE SEUL, QU'ON DORT SEUL...
DÉPRIMANT !
HAA...
EUH... OUI...
QUAND J'Y PENSE, JE N'AI JAMAIS EU À SOUFFRIR DE TOUT ÇA !
MAIS...

JE NE POURRAI JAMAIS LEUR RÉVÉLER QUE C'EST...
"GRÂCE À UN AMI GAY QUI S'EST INSTALLÉ CHEZ MOI."
AH...
AF...!
OUH
SLURP
N...
NON ARRÊTE...
...
AH !
AH
BRR
HM !
BRR !!
HA !!
...!
BRRR
HAA
HAA

GRAC
TAC
AH...
HÉ !
NON, PAS ÇA !
...!
N...
LÂCHE-MOI !!
JE T'AI DIT NON, PUTAIN D'HOMO !!
VLAN

AÏE...
JE PEUX TE SUCER MAIS PAS TE PÉNÉTRER ?
TU CHIPOTES, C'EST PAS TRÈS VIRIL...
T'AS PAS UN PEU FINI DE FAIRE DES MANIÈRES.
JAMAIS !!
D'ABORD, JE T'AI JAMAIS PERMIS QUOI QUE CE SOIT, C'EST TOI QUI M'Y OBLIGES.
DANS CE CAS, DIS AUSSI QUE JE T'AI PRIS DE FORCE !
ÇA NE PASSE PAS !
AUPRÈS DE QUI ?
DU MONDE !
TU TE PRENDS POUR UNE STAR ?
PERSONNE NE SE SOUCIE DE TA VIE SEXUELLE.
CE GARÇON S'APPELLE WATARU IMAGASÉ.
ON S'EST CONNUS À LA FAC, OÙ J'ÉTAIS DE DEUX ANS SON AÎNÉ. ACTUELLEMENT, IL TRAVAILLE POUR UNE AGENCE DE RENSEIGNEMENT.
ET DEPUIS MON DIVORCE, IL SQUATTE CHEZ MOI.
POURQUOI JE SUIS TOMBÉ AMOUREUX DE TOI ?
SHHH
APPAREMMENT, IL M'AIME DEPUIS QU'ON ÉTAIT ÉTUDIANTS, MAIS JE NE M'EN RENDS PAS BIEN COMPTE.
JE NE SAIS PAS... C'ÉTAIT JUSTE UN COUP DE FOUDRE...

T'AS BIEN UN GENRE DE MEC ?
AH ÇA, OUI.
CHEZ LES SPORTIFS, CE SERAIT JUAN CARLOS FERRERO.
FERRERO ?
T'AS DES GOÛTS DE FILLE...
J'AIME BIEN LE GENRE "BIEN ÉLEVÉ", UN PEU COMME TOI.
C'EST AMUSANT DE LES SOUILLER EN LES VIOLANT SAUVAGEMENT !
OU DE METTRE À NU LEURS DÉSIRS CACHÉS POUR QU'ILS TE PRENNENT...
QUEL PERVERS, CELUI-LÀ...
JE CROIS QUE JE VAIS Y ALLER...
SENPAÏ ?
TU EMBRASSAIS TON EX-FEMME AVANT DE PARTIR TRAVAILLER ?
ABSOLUMENT PAS.
DES CHERCHEURS ALLEMANDS ONT DÉMONTRÉ QUE LES COUPLES QUI S'EMBRASSAIENT VIVAIENT PLUS LONGTEMPS.
PAS BESOIN DE ÇA, LES JAPONAIS ONT UNE ESPÉRANCE DE VIE SUFFISAMMENT LONGUE.
ÇA BOOSTERAIT AUSSI TES COMPÉTENCES AU TRAVAIL.

SMAC
BONNE JOURNÉE !
JE T'AIME PLUS QUE N'IMPORTE QUI,
NE L'OUBLIE PAS.
SI J'AVAIS UNE FILLE EN FACE DE MOI, CE SERAIT UNE SITUATION RÊVÉE...
MAIS,
VENANT D'UN MEC, ÇA M'APPORTE PAS GRAND-CHOSE.
KYOÏCHI NOIR
HÉ HÉ
AVOUE QUE TU T'AMUSES BIEN ! ♡
KYOÏCHI BLANC
TE LAISSE PAS FAIRE !!
SECOUE-TOI !!
KYOÏCHI GRIS
MÛF
QU'EST-CE QU'IL Y A AU BOUT DU CHEMIN ?
SI ÇA SE TROUVE, JE M'Y FERAIS...
JE POURRAIS Y TROUVER MON BONHEUR... JE N'AI QU'À SUIVRE IMAGASÉ ET...

AH !?
ARGH, MAIS JE SUIS EN TRAIN DE ME LAISSER ALLER !?
IMAGASÉ EST UN SERPENT D'ÉDEN QUI VEUT ME FAIRE CROQUER LE FRUIT INTERDIT.
SI JE ME SOUMETS À SES DÉSIRS, C'EN EST FINI DE MOI !!
VRR VRR VRR
VRR VRR
AH ?
MISAKI NISHIMURA
DÉSOLÉE DE TE CONTACTER À L'IMPRO-VISTE...

MAIS J'AVAIS ENVIE DE TE REVOIR...
MERCI D'ÊTRE VENU !
T'EN FAIS PAS POUR MOI...
TU AS UN SOUCI ?
EUH... OUI...
CHEZ MOI... JE...
...
JE VOULAIS ABSOLUMENT TE REVOIR.
DEPUIS L'AUTRE FOIS, JE N'AI PAS ARRÊTÉ DE PENSER À TOI...
...
EXCUSE-MOI... C'EST RIDICULE MAIS...
S'IL TE PLAÎT, RESTE AVEC MOI CETTE NUIT.
TOI, TU ES TOUJOURS AUSSI BIEN.
TU NE VEUX PAS ?
TU NE VEUX PLUS D'UNE VIEILLE COMME MOI ?

"EXCUSE-MOI, IMAGASÉ"
QUAND J'AI RÉALISÉ QUE J'AVAIS EU CETTE PENSÉE, ÇA M'A GLACÉ LE SANG...
J'AVAIS PRESQUE OUBLIÉ CETTE SENSATION...
C'EST DOUX...
OUI, Y A QUE ÇA DE VRAI.
C'ÉTAIT MOINS UNE, J'AI FAILLI M'EXCLURE DU MONDE DES HÉTÉROS.
IMAGASÉ...
J'ADMETS QUE TES CARESSES ÉTAIENT AGRÉABLES,
MAIS JE NE DOIS PAS Y GOÛTER. JE NE DOIS PAS...

JE T'AIME PLUS QUE N'IMPORTE QUI,
NE L'OUBLIE PAS.
TU TE RENDS COMPTE...
C'EST MON FILS, MAIS MA BELLE-MÈRE SE L'ACCAPARE.
ET COMME IL NE COMPREND RIEN, IL LA PRÉFÈRE À MOI...
EN PLUS, MON MARI LAISSE TOUT PASSER À SA MÈRE !
JE N'AI PAS MA PLACE DANS CETTE MAISON !
PERSONNE NE TIENT À MOI !!
J'AI ATTEINT L'ORGASME EN PENSANT À IMAGASÉ...
ÇA CRAINT-MERDE, QU'EST-CE QUE JE FOUS ?
J'AURAIS JAMAIS DÛ ME MARIER !

DIS, OTOMO !
ビクッ
GLOUP
OUI ?!
JE TE DÉÇOIS ?
MAIS NON...
JE NE L'IMAGINAIS PAS COMME ÇA...
TU ME TROUVES BELLE ?
TU L'ES...
C'EST VRAI ?
OUI...
ALORS...
FAIS-MOI ENCORE L'AMOUR...
ET VOILÀ...
JE SUIS DÉSOLÉ, IMAGASÉ...
NE T'EN FAIS PAS,
C'EST PAS GRAVE.

MON CHEF NE VOULAIT PAS ME LAISSER PARTIR...
J'AI VOULU T'APPELER MAIS JE N'AI PAS PU.
ÇA VA,
C'EST JUSTE UN CURRY.
UN CURRY AUX LÉGUMES
ÇA A L'AIR BON
DÉSOLÉ, JE LE MANGERAI DEMAIN
OUI OUI !
EUH... ALORS...
JE VAIS PRENDRE UN BAIN...
CLAC
...
IL EST SENSÉ AVOIR BU, MAIS IL NE SENT PAS L'ALCOOL.
L'ODEUR DU GEL DOUCHE...
DES EXPLICATIONS TROP PRÉCISES...
...
DIS, KYOÏCHI...
C'EST VRAI QUE TU N'AS TOUJOURS PAS ROMPU AVEC MIKA ?
HEIN ? MAIS NON... JE NE L'APPELLE PLUS...
MAIS ELLE, ELLE T'APPELLE TOUJOURS.
ATTENTION... TU TE LAISSES ALLER SI FACILEMENT...

AH !!
TU NE DORS PAS...
PARDON, JE T'AI RÉVEILLÉ ?
NON... JE RÊVAIS.
...
DIS-MOI... AUTREFOIS...
EST-CE QUE TU M'AS VU...
DANS LE COULOIR... AU FOND DE LA SALLE DES ÉTUDIANTS...
QUAND TU EMBRASSAIS TA COPINE ?
EN EFFET...
J'ÉTAIS TELLEMENT DÉPITÉ...
QUE JE SUIS ALLÉ DANS UN BACKROOM ME FAIRE LE PREMIER VIEUX QUI VENAIT.
À L'ÉPOQUE J'ÉTAIS JEUNE... OU PLUTÔT PUÉRIL...

ÇA TE DÉPLAÎT ?
CE GENRE D'HISTOIRE...
C'EST PAS QUE...
JE NE SAIS PAS QUOI DIRE...
...
HÉ ! ATTENDS UNE MINUTE !
C'EST MON PORTABLE, ÇA !!
OUI ET ALORS ?
"MISAKI NISHIMURA".
VOILÀ OÙ TU DÉRIVES EN CE MOMENT.
QU...
J'AVAIS VU JUSTE, AU SUJET DE LA RÉUNION DES ANCIENS.

ET TU EN ES FIER !!
ESPÈCE D'HOMO PERFIDE !! POURQUOI TU LIS MES TEXTOS ?!
À TON AVIS ?! PARCE QUE JE SUIS JALOUX, BITE VOLAGE !!
JE N'AI RIEN FAIT DE MAL !!
JE TE RAPPELLE QUE JE NE SORS PAS AVEC TOI !!
HÉ OUI, TU ES LIBRE ! ULTRA LIBRE !!
ALORS POURQUOI TU ME L'AS CACHÉ ?!
C'EST QUE...
JE NE VOULAIS PAS TE BLESSER ...
AH!
TU SAVAIS QUE ÇA ME BLESSERAIT, MAIS TU L'AS FAIT QUAND MÊME !
DÉSES-PÉRANT !
TOUT VA BIEN, ALORS ?
TU AS RÉUSSI À AVOIR CELLE QUE TU VOULAIS, TANT MIEUX !
VAS-Y, PIQUE-LA À SON MARI ET SOIS HEUREUX AVEC ELLE !!
CLAC

MAIS NON... C'EST RIEN DE TOUT ÇA !
ON A IDÉALISÉ NOS SOUVENIRS ET ÇA A EXACERBÉ NOTRE DÉSIR.
TOUT COMME TOI...
QU'EST-CE QUE TU RACONTES ?
SI TU TIENS AUTANT À MOI,
C'EST PARCE QUE TU AS EMBELLI TES SOUVENIRS.
COMMENT...
TU PEUX DIRE UNE CHOSE PAREILLE...
ALORS QUE TU NE M'AS RIEN LAISSÉ QUE JE PUISSE IDÉALISER ?

JE... JE NE VAUX PAS LA PEINE QUE TU T'ATTACHES À MOI...
QU'EST-CE QUE TU PEUX BIEN COMPREN-DRE À MES SENTIMENTS ?
JE SAIS TOUT ÇA.
TU ES ABJECT, LE PIRE MEC QUI SOIT.
MAIS TU T'IMAGINES QUE JE CHERCHE UN ÊTRE PARFAIT ?
BEAU, HUMAINEMENT IRRÉPRO-CHABLE ET GENTIL ?
C'EST CE QUE TU CHERCHES, TOI ?
À TON ÂGE...
TU SAIS MÊME PAS CE QU'EST LE VÉRITABLE AMOUR !

ÇA... SUFFIT...
JE NE VIENDRAI PLUS ICI...
IMA-GASÉ !
HÉ !
CLIC
ADIEU.
PORTE-TOI BIEN !
CLAC

UNE SEMAINE S'EST ÉCOULÉE.
IMAGASÉ NE M'APPELLE MÊME PLUS.
CE N'EST PAS TRÈS GRAVE...
C'EST LUI QUI ME DRAGUAIT, MOI JE NE LUI VOULAIS RIEN.
ET PUIS J'AI SAUVÉ MON CUL,
ÇA S'EST JUSTE UN PEU MAL FINI...
CLAC
CLIC
...
...

JE SAIS QUE C'EST TRISTE DE SE RETROUVER SEUL !
LE SENTIMENT D'ISOLEMENT QUAND ON MANGE SEUL, QU'ON DORT SEUL...
...
...
カチー
GRR
...
...
VLAN
MAIS NON, IL PRENAIT DE LA PLACE DANS LE LIT, JE DORMAIS MAL À CAUSE DE ÇA !!
JE SUIS BIEN COMME ÇA !! SEUL !! TRANQUILLE !! ET NORMAL !!
AAH...
ET MERDE !!

VRR
VRRR
VRRR
VRRR
VRR
VRR
VRR
MISAKI NISHIMURA
HÉ HO...
...
JE DEVRAIS M'EN RÉJOUIR, NON ?
JE DOIS ME SORTIR DE SA MAUVAISE INFLUENCE...
PARDON DE TE DONNER RENDEZ-VOUS TOUJOURS AU DERNIER MOMENT.
TU PEUX SORTIR LE SOIR ? ET CHEZ TOI ?
J'AI DIT QUE J'ÉTAIS CHEZ MES PARENTS...
TU ES GENTIL.
TU L'AS TOUJOURS ÉTÉ.
MAIS NON...
C'EST UN ADULTÈRE... ON NE SAIT JAMAIS ...
Hotel

?
IMAGA-SÉ...
C'EST DONC POUR ÇA QU'IL NE M'APPELAIT PLUS.
OK, C'EST PLUS CONSTRUCTIF.
ÇA NE LUI SERT À RIEN DE SE FOCALISER SUR UN HÉTÉRO COMME MOI.
IL VAUT MIEUX QU'IL SE TROUVE UN AUTRE MEC...
TOUT VA BIEN...
...
...

GRR
VLIP
OTOMO ?
TAP
TAP
TAP
TAP
TAP
TAP
TAP
TAP

ドッカッ
BAM
TU TE FOUS DE MOI, IMAGASÉ !!
TU ME FAIS TOUTE UNE SCÈNE ET DIX JOURS APRÈS T'ES DÉJÀ SUR UN AUTRE !!
C'EST MOI, LE VOLAGE ?! ET TOI ALORS !!
EN FIN DE COMPTE, TU CHERCHAIS JUSTE DU CUL ! ESPÈCE DE PLAY-BOY HOMO !!
ET DIRE QUE JE ME SUIS TOURMENTÉ À CAUSE DE TOI !
TU...
...

...
HAA
HAA
...
...
LE BOULOT ...
QUOI ?
JE SUIS ...
LÀ POUR LE BOULOT ...
LUI... C'EST UN CLIENT.
IL VIENT DE LA PROVINCE...
ALORS IL LOGE LÀ...
HEIN ?
...
...
HÉ...?

...
AU FAIT, ELLE, TU LA LAISSES TOMBER ?
ELLE T'A PRIS POUR UN GAY ET S'EST ENFUIE...
J'Y PEUX RIEN...
DE TOUTE FAÇON, C'ÉTAIT UN ADULTÈRE. C'EST MIEUX COMME ÇA.
CES DERNIERS JOURS, JE PARCOURAIS LE PAYS À LA RECHERCHE D'UN DISPARU.
ENFIN, SI JE NE T'AI PAS APPELÉ, C'EST BIEN PARCE QUE J'ÉTAIS EN ROGNE...
BAH ALORS,
T'ENTRES PAS ?
TU VAS COUCHER AVEC MOI ?
HEIN ?!
SI JE PEUX TE FAIRE L'AMOUR, J'ENTRE. SINON, JE M'EN VAIS.

QU'EST-CE QUE TU RACONTES !
FINALEMENT, C'EST TOUT CE QUI T'INTÉRESSE ?!
ÇA PEUT M'ARRIVER, NON ?
J'AI PAS LE DROIT DE VOULOIR FAIRE L'AMOUR AVEC LA PERSONNE QUE J'AIME ?
IL ME SEMBLE QUE J'AI SUBI PAS MAL D'ÉPREUVES CETTE FOIS...
TU N'AS RIEN À M'OFFRIR EN CONTREPARTIE ? EN UNE SEMAINE, TU N'AS MÊME PAS SONGÉ À ÇA ?
SI... J'Y AI PENSÉ...
JE M'EN VEUX DE T'AVOIR FAIT SOUFFRIR...
MAIS ÇA N'A RIEN À VOIR...
JE NE SUIS PAS DU TOUT GAY.
JE NE PEUX PAS ACCEPTER SI FACILEMENT.
D'ACCORD, JE LAISSE TOMBER. ADIEU.
MAIS NON...
HÉ, ATTENDS !!
GRAP
BAM

TU DIS TOUJOURS "NON", MAIS TU NE TE DÉFENDS JAMAIS.
JE POURRAIS TE PRENDRE DE FORCE SI JE LE VOULAIS.
C'EST PEUT-ÊTRE UN "OUI" DÉGUISÉ, ALORS ?
MAIS JE NE ME LAISSERAI PAS AVOIR,
NE CROIS PAS QUE CE SERA SI FACILE.
DE LÀ OÙ TU TE TROUVES, LE CHEMIN QUI MÈNE À MOI EST TRÈS LABORIEUX...
TU CROIS QU'IL TE SUFFIT DE FERMER LES YEUX POUR QUE JE T'ENTRAÎNE PAR LA MAIN ?

ARRÊTE DE ME TRAITER COMME UN GAMIN !
DIS-MOI CE QUE TU ATTENDS DE MOI !
TU FERAS CE QUE JE DIS ? ALORS EMBRASSE-MOI...
LÀ !
GMM
!!
...
JE PLAISANTE...
NE FAIS PAS CETTE TÊTE-LÀ.
TU ES GENTIL...
MAIS C'EST CE QUI FAIT TA CRUAUTÉ.
DEPUIS TOUJOU...
PLAF

ZIP
CLAC
SLUP
!
BRP
JE NE PEUX PAS...
TE LAISSER FAIRE ÇA !
H...
... !
SENPAÏ ...
T...
TU NE DEVRAIS... PAS...
...

くるっ
VLIP
...
?

HÉ ! TU ES NOUVEAU ?!
OUI...
ÇA TE DIRAIT DE FAIRE PARTIE DU CLUB DE TENNIS ? LES DÉBUTANTS SONT LES BIENVENUS.
J'EN FAISAIS AU LYCÉE.
C'EST VRAI ?!
SUPER !!
DÈS QU'IL T'A VU, IL A CRIÉ "Y A UN BEAU GOSSE !!"
FLUSH
FLUSH
IDIOT
BEAU GOSSE
MAIS ...
C'EST TOI QUI M'AS DIT QU'IL NOUS FALLAIT UN BEAU GOSSE POUR ATTIRER LES FILLES...

IMAGASÉ, JE PENSE QUE TU FUMES TROP.
C'EST MAUVAIS POUR TOI.
QUAND JE NE FUME PAS, JE SUIS SUR LES NERFS... ÇA DOIT ÊTRE LE STRESS.
TU STRES-SES ?
POUR-QUOI ?
MAIS NON !
TU VAS Y ARRIVER ! C'EST SÛR !
UN AMOUR À SENS UNIQUE ...
SANS AUCUN ESPOIR.

BAM
HAA
HAA
HAA
AAA
SENPAÏ...
JE PEUX...
JOUIR MAINTE-NANT ?

TU M'AUTO-RISES À...
ME RÉPANDRE EN TOI ?
...
...
FALLAIT PAS TE FORCER ...
TIENS
ÇA TE CHASSERA LE GOÛT.
TU REGRETTES D'AVOIR AGI SUR UN COUP DE TÊTE ?
NON, C'EST PAS ÇA...
MAIS ...
J'AI AVALÉ...
AAH...
J'AI L'IMPRES-SION QUE MA VIE A ÉTÉ CONSIDÉ-RABLEMENT MODIFIÉE.

N'Y PENSE PAS TROP.
JE NE CHERCHE PAS À TE FAIRE CHANGER DE BORD DÉFINITIVE-MENT...
OU À TE HARCELER TOUTE TA VIE.
PSHT
UN JOUR, TU SERAS VRAIMENT AMOUREUX.
TU TE LAISSERAS ENTRAÎNER...
NON PLUS PAR QUELQU'UN, MAIS PAR TES PROPRES SENTIMENTS.
CE SERA LA "FEMME DE TA VIE". ET QUAND ELLE SE MANI-FESTERA...
JE DISPARAÎTRAI SANS DE-MANDER MON RESTE.
ALORS JUSQUE-LÀ, AMUSE-TOI AVEC MOI.
C'EST ENNUYEUX DE RESTER SEUL, NON ?
TAC
"DRY"

IMAGASÉ A RAISON...
IL SE PEUT QUE JE N'AIE ENCORE JAMAIS VRAIMENT CONNU L'AMOUR.
LE MOIS PROCHAIN, J'AURAI TRENTE ANS.

Nouvelle inédite
Le chat noir admire la lune
Les jours où je rentre avant senpaï...
Je fais le ménage, je prépare le dîner.
Mais avant tout...
Je contrôle son ordinateur...
Pour repérer les filles qui rôdent autour de lui.
Je dois surveiller ses mails et l'historique de son navigateur internet.
Si je les repère, je ne peux rien y faire.
Mais je veux juste savoir, toujours être au courant de la situation et m'en tenir à mon rôle...
Pour éviter de le mettre...
Dans l'embarras...

WEB
IMAGES
RECHERCHER
BACKROOM
RECHERCHER DANS WEB
POURQUOI EST-CE QU'IL RECHERCHE UN MOT PAREIL ?
J'ÉTAIS TELLEMENT DÉPITÉ...
QUE JE SUIS ALLÉ DANS UN BACKROOM ME FAIRE LE PREMIER VIEUX QUI VENAIT.
IL A ÉTÉ PRÉOCCUPÉ PAR CETTE HISTOIRE ?
JE CROIS SAVOIR...
MAIS PAS PRÉCISÉMENT...
CLIC
CLIC
CLIC
QU'EST-CE QU'ON PEUT Y FAIRE ?
...
S'IL M'AVAIT DEMANDÉ, JE LUI AURAIS ÉVITÉ LES DÉTAILS CRUS.
VAUT MIEUX QU'IL N'EN SACHE RIEN.
CLIC
CLIC
OUH
IL EST HARD CE SITE.
CLIC
AAH
AH LA LA...
JE LE VOIS SE PRENDRE LA TÊTE DEVANT CET ÉCRAN.

JE T'AIDE
LA RE-CHERCHE DATE DE QUATRE JOURS.
C'EST VRAI QU'IL A FAIT LA VAISSELLE ET QU'IL S'EST MONTRÉ BIZARREMENT ATTENTIONNÉ.
SENPAÏ,
TU N'AS PAS À TE SENTIR RESPON-SABLE.
MÊME SI JE ME LIVRE À CES FRASQUES PAR DÉSES-POIR, JE SERAI LE SEUL À EN SOUFFRIR.
À MOINS QUE...
TU NE M'AIMES VRAIMENT...
ATTEN-TION...
NE TE METS À ESPÉRER.
NON, RESTE À TA PLACE.
PEU IMPORTE SA GENTILLESSE, IL EST HORS DE MA PORTÉE, TOUT COMME L'EST LA LUNE.

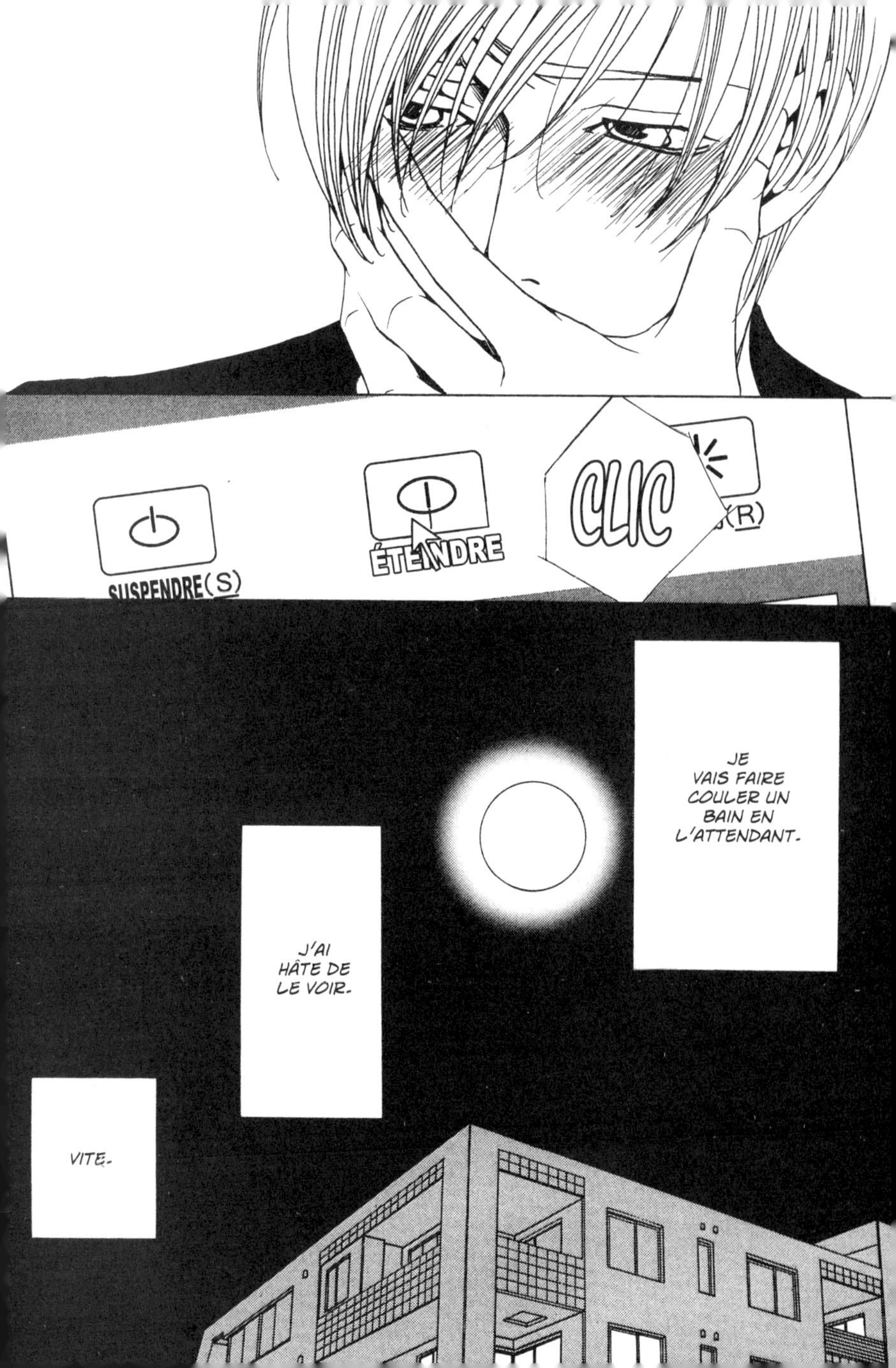
SUSPENDRE (S)
ÉTEINDRE
(R)
CLIC
JE VAIS FAIRE COULER UN BAIN EN L'ATTENDANT.
J'AI HÂTE DE LE VOIR.
VITE.

LES DOIGTS GLACÉS DU CHAT NOIR

J'AI RÊVÉ QUE JE FAISAIS L'AMOUR AVEC IMAGASÉ.
DANS CE RÊVE, IL AVAIT UN CORPS DE FEMME.
J'AI ME SUIS JETÉ SUR LUI SANS UNE ONCE D'HÉSITATION.
RÉVEILLE-TOI KYOÏCHI-SENPAÏ !
LE PETIT DÉJEUNER EST PRÊT.
MM...
SMAC
QUEL RÊVE ! ÉGOÏSTE

LA RÉALITÉ EST LÀ.
JE VOIS UN AMI CE SOIR.
NE M'ATTENDS PAS POUR DÎNER.
OK.
IMAGASÉ EST UN AMI DE FAC.
IL EST GAY, C'EST UN SQUATTEUR QUI LORGNE DANGEREUSEMENT MON CORPS.
SENPAÏ, TU RÊVAIS DE QUELLE FILLE CE MATIN ?
HEIN ?
GLOUPS
TU M'AS TRIPOTÉ LE SEXE DANS TON SOMMEIL.
QUOI ?
PLUTÔT ÉNERGIQUEMENT... TU ES COMME ÇA AVEC LES FEMMES ?
NON, TU TE TROMP...
MOI, J'AI BEAU TE SUPPLIER, TU REFUSES,
MAIS TU SAUTES SUR LA PREMIÈRE FILLE VENUE.
ÇA DOIT ÊTRE UN THON... AH LA LA... TU CRAINS...
EN FAIT, C'ÉTAIT TOI.
MAIS JE LE DIRAI PAS.
AAH
JE NE DEMANDE QU'UN BONHEUR BANAL D'HÉTÉRO NORMAL.

MAIS CE RÊVE M'A RÉVÉLÉ...
À QUEL POINT JE SUIS AU BORD DU GOUFFRE.
KYOÏCHI ?
C'EST BIEN TOI ! KYOÏCHI !
ÇA FAIT UN BAIL !!
NATSUKI ...

J'ÉTAIS PAS VENUE ICI DEPUIS LA FAC...
TU TE RAPPELLES, ON VENAIT SOUVENT AVEC LES GENS DU CLUB.
NATSUKI ÉTAIT UN MEMBRE DU CLUB DE TENNIS.
C'EST LA PETITE AMIE AVEC LAQUELLE J'ÉTAIS RESTÉ LE PLUS LONGTEMPS.
À PEINE MARIÉ ET DÉJÀ DIVORCÉ, ÇA NE M'ÉTONNE PAS DE TOI !
TU ME CHERCHES ?
JE TE CONNAIS, JE SUIS SÛRE QUE MÊME MARIÉ, TU TE LAISSAIS SÉDUIRE À TOUT VA.
...
JE NE SAIS PAS QUOI RÉPONDRE...
TU REVOIS DES GENS DU CLUB ?
J'AI ÉTÉ AU MARIAGE D'ASAMI L'AUTRE JOUR.
AH OUI ?
ÇA M'ARRIVE DE PRENDRE UN VERRE AVEC YOSHIKAWA OU TSUCHIDA...
ET PUIS...
JE NE PEUX PAS LUI DIRE QUE JE ME FAIS DRAGUER DANGEREUSEMENT...
PAR WATARU IMAGASÉ...
OH ?
NATSUKI SENPAÏ ?

HEIN ?
QUOI ?
BONSOIR, NATSUKI SENPAÏ.
QUEL HASARD DE TE CROISER ICI!
IMAGASÉ ! ÇA FAIT UN BAIL, TU VAS BIEN ?
OUI, MERCI.
ET TOI, TU ES DE PLUS EN PLUS BELLE...
HÉ, TA FLATTERIE SONNE FAUX !
KYOÏCHI SENPAÏ EST LÀ AUSSI...
BONSOIR, ON NE S'EST PAS REVUS DEPUIS LA FÊTE DE FIN D'ÉTUDES, JE CROIS ?
L'AIR DE RIEN
O... ON LUI FAIT CROIRE ÇA ?
OUPS
OUPS
AH... OUI... C'EST VRAI...
ON PEUT SE METTRE À VOTRE TABLE ?
J'AI UN AMI AVEC MOI.
PAS DE PROBLÈME.

BONSOIR... JE SUIS TAKASUGI.
JE CONNAIS IMAGASÉ DEPUIS UN CERTAIN TEMPS...
PARDON DE VOUS DÉRANGER.
MAIS NON, ASSIEDS-TOI !
TU VEUX DE LA SANGRIA ?
QUEL GENRE D'"AMI"...
NON, JE DOIS ÉVITER DE VOIR DES GAYS PARTOUT.
LA DERNIÈRE FOIS, J'AI MORFLÉ...
VRR VRR VRR VRR VRR
CHUCHOTE
ALORS C'EST TOI LE "KYOÏCHI SENPAÏ"...
QUOI ?
J'AI BEAUCOUP ENTENDU PARLER DE TOI
HEIN ?
VRR VRR VRR VRR
UN TEXTO...
D'IMAGA-SÉ... QUOI ENCORE ?
CLAP
SMS IMAGASÉ
C'EST MON EX QUI EST ASSIS À CÔTÉ DE TOI.
NE FAIS PAS ATTENTION À CE QU'IL PEUT RACONTER.
END

HÉ OH !
J'AI L'IMPRESSION DE ME RETROUVER DANS UNE AUTRE DIMENSION !!
OOH, TU ES DEVENU DÉTECTIVE.
SI TU AS BESOIN D'AIDE, N'HÉSITE PAS.
UNE AFFAIRE DE TROMPERIE PAR EXEMPLE...
JE RÊVAIS DE TE RENCONTRER.
QUAND IL ÉTAIT ÉTUDIANT, IL NE PARLAIT QUE DE TOI,
IL RÉPÉTAIT QU'IL T'AIMAIT À LA FOLIE...
JE M'ATTENDAIS À VOIR ARRIVER UN DIEU,
MAIS TU ES PLUTÔT QUELCONQUE !!
あっはっはっ HA HA HA
...
SANS DOUTE...
GRR

D'HABITUDE IL EST PLUTÔT DU GENRE PRUDENT,
MAIS APRÈS TON DÉPART DE LA FAC, IL S'EST ENFONCÉ DANS UNE DÉBAUCHE AUTODESTRUC-TRICE...
J'AI VOULU LE TIRER DE LÀ ET ON A COMMENCÉ À SORTIR ENSEMBLE... OH !
J'AURAIS PEUT-ÊTRE PAS DÛ TE LE RACONTER...
MAIS IMAGASÉ T'A DÉJÀ DIT TOUT ÇA... NON ?
BIEN SÛR...
QUE NON !!
IMAGASÉ DÉBAUCHÉ... DÉBAUCHÉ...
EN GROS, TU ES LE SAUVEUR QUI L'A TIRÉ DE SON ENFER...
GRR GRR
GRR GRR
TU EXAGÈRES...
MAIS, C'EST BIEN ÇA ♡
GRR GRR
IL EN A DE LA CHANCE, IMAGASÉ,
D'AVOIR UN AMI COMME TOI.
GRR GRR GRR GRR GRR GRR GRR GRR
NATSUKI SENPAÏ...
TU ES RESTÉE AVEC KYOÏCHI SENPAÏ DEPUIS LA FAC ?
OH NON ! JE SUIS TOMBÉE SUR LUI DEVANT LA GARE.
MAIS VOUS VOUS EN-TENDEZ BIEN...
TU NE VEUX PAS TE REMETTRE AVEC LUI ?

SÛREMENT PAS ! KYOÏCHI N'A PAS CHANGÉ...
J'EN AI SUFFI-SAMMENT SOUFFERT AUTREFOIS.
AH, TU AS DONC UN PETIT AMI BIEN MIEUX QUE LUI...
PAS VRAIMENT ...
HÉÉ ? TU ESSAIES DE ME SOUTIRER DES INFOS OU QUOI ?
CERTAI-NEMENT, JE VEUX TOUT CONNAÎTRE D'UNE BELLE FEMME COMME TOI.
MAIS OUI !
JE PEUX FUMER ?
VAS-Y !
CRR
DE QUOI ILS PARLENT ?
J'ENTENDS RIEN...
KYOÏCHI ...
OUI ?
TU AIMES IMAGASÉ ?

BOBOM
ALORS LARGUE-LE UNE BONNE FOIS POUR TOUTES.
EUH... NON...
JE NE SUIS PAS GAY...
JE M'EN DOUTAIS.
JE LUI AI PROPOSÉ DE NOUS REMETTRE ENSEMBLE,
MAIS IL A REFUSÉ PARCE QU'IL NE POUVAIT PENSER QU'À TOI.
SI TU NE PEUX PAS LUI RENDRE SON AMOUR, NE LUI DONNE PAS DE VAINS ESPOIRS.
IL FAUT QU'IL RENONCE À TOI.
JE SAIS QUE ÇA MARCHERA ENTRE NOUS.
ON S'ENTEND BIEN...
DE CŒUR
COMME DE CORPS.

BAM !!
Gentleman.
QU'EST-CE QUE TU FAIS AVEC NATSUKI SENPAÏ !!
JE TE DIS QU'ON S'EST RENCONTRÉS PAR HASARD !!
TU DEVRAIS ARRÊTER DE ME PROVOQUER...
JE SUIS MILLE FOIS PLUS JALOUX QUAND IL S'AGIT DE TOI.

SI JE ME SUIS INVITÉ À VOTRE TABLE, C'EST PARCE QUE VOUS AVIEZ L'AIR FIN PRÊTS À TERMINER VOTRE SOIRÉE AU LIT.
ELLE N'EST PAS COMME ÇA.
CERTES ...
C'EST LA SEULE QUI SOIT ACCEPTABLE PARMI TOUTES TES COPINES.
EN PLUS D'ÊTRE INTELLIGENTE ET SENSIBLE, ELLE A ASSEZ DE CRAN POUR TE SUPPORTER.
GRR
C'EST CELLE QUE JE DÉTESTAIS LE PLUS.
...
MAIS... TOI AUSSI, TU T'AMUSES AVEC UN DE TES EX...
C'EST LUI QUI M'A APPELÉ ET ON ALLAIT JUSTE MANGER ENSEMBLE.
PAS BESOIN DE TE JUSTIFIER.
PERSONNE NE REVOIT UN EX EN TOUTE INNOCENCE.
ET JE M'EN FICHE PAS MAL !
TU ES LE SEUL HOMME QUI M'INTÉRESSE !
N'ESSAIE PAS DE M'ATTENDRIR AVEC TES DISCOURS !
POURTANT, C'EST CE QUE TU ATTENDAIS DE MOI.

TU ES LE SEUL QUI FASSE VIBRER...
MON CŒUR...
ET MON CORPS...
HM !
...
...!
CES LÈVRES...
CES DOIGTS...
QU'ONT-ILS PU FAIRE À CET HOMME ?
CLIC...
ZIP
...!
NON, FAUT QU'ON RETOURNE VITE LÀ-B...
...
AH !
HM
AH
HAA...
IMAGASÉ...

COMMENT FAISAIT-IL L'AMOUR À CET HOMME ?
HA !
HM !
GMM
TU ES TOUT EXCITÉ ...
TU N'ARRIVES DÉJÀ PLUS À TE RETENIR.
LA JALOUSIE EST UN APH-RODISIAQUE PUISSANT...
TU VEUX QU'ON AILLE JUSQU'AU BOUT, ICI ?
...!
FLUSH

PAF
JE NE SUIS PAS JALOUX !
TU FAIS CE QUE TU VEUX AVEC QUI TU VEUX, JE M'EN CONTREFICHE !!
C'EST JUSTE QUE...
JE ME DISAIT QUE LES GENS DE VOTRE GENRE...
VIVENT DANS UN TOUT AUTRE MONDE !
C'EST TOUT !
...
PARDON...
J'AI MAL CHOISI MES MOTS...
MAIS NON...
TU N'AS FAIT QUE CONSTATER LA RÉALITÉ.
NON... CE N'EST PAS CE QUE JE VOULAIS DIRE.
PARDON...
JE T'AI TRÈS MAL PARLÉ...
C'EST BON, LAISSE.

CRII
TU FERAIS MIEUX...
DE CALMER "ÇA" AVANT DE RESSORTIR.
TAKASUGI ET MOI, ON VA S'EN ALLER.
PASSE UNE BONNE SOIRÉE EN COMPAGNIE DE NATSUKI SENPAÏ.
CLAC !
OH, VOUS PARTEZ DÉJÀ ?
ON NE VA PAS VOUS DÉRANGER PLUS LONG-TEMPS...
J'ESPÈRE TE REVOIR BIENTÔT.
BLA
BLA
BLA
BLA

GRR
C'EST QUOI, CE PETIT SIGNE DE TÊTE !!
QU'EST-CE QU'IL INSINUE !!
IMAGASÉ EST DE PLUS EN PLUS BEAU...
ET CE TAKASUGI ÉTAIT SYMPA AUSSI.
C'ÉTAIT AMUSANT
GRR GRR GRR GRR GRR GRR
GRR GRR GRR GRR GRR
DIS KYOÏCHI, TU AS PARLÉ DE QUOI AVEC IMAGASÉ ?
BOBOM
HEIN ?
DE QUOI... EUH... CE QU'ON DEVIENT, DES TRUCS COMME ÇA...
C'EST TOUT ?
EUH... OUI... POURQUOI ?
JE TE LE DIS SEULEMENT MAINTENANT...
MAIS, DEPUIS LA FAC ...
JE ME DEMANDE SI IMAGASÉ N'ÉTAIT PAS GAY ET AMOUREUX DE TOI.
IL ÉTAIT SUPER ATTACHÉ À TOI...
ET IL LUI ARRIVAIT DE ME FOUDROYER AVEC UN REGARD TERRIFIANT ...
ARGH

QUEL FLAIR !
JE VOIS POURQUOI IMAGASÉ LA DÉTESTE...
QUEL BRIQUET ?
TU NE TE RAPPELLES PAS ? QUAND TU SORTAIS AVEC MOI...
TU TE FAIS DES IDÉES, C'EST IMPOSSIBLE...
ET PUIS LE BRIQUET...
IL L'AVAIT TOUJOURS...
TU AS UTILISÉ UN BRIQUET OFFERT PAR UNE DE TES EX...
ARGH, MAIS CE BRIQUET, C'EST UN CADEAU DE TON EX...
ET TU OSES L'UTILISER SOUS MON NEZ ! ENFIN, ÇA NE M'ÉTONNE PAS DE TOI.
HEIN... AH !
C'EST VRAI QU'ON ME L'AVAIT OFFERT.
TU NE T'EN RAPPELLES MÊME PAS !
TU SAIS QUE C'EST BLESSANT, POUR ELLE ET POUR MOI !
MAIS IL MARCHE TOUJOURS...
CE SERAIT DU GÂCHIS DE LE JETER.
ALORS DONNE-LE MOI.
JUSTEMENT, J'ALLAIS EN ACHETER UN.
AH OK.
TIENS.

AH ! MAINTENANT QUE TU ME LE DIS...
C'EST UN ZIPPO AVEC UN CHAT NOIR, C'EST ÇA ?
QUAND J'AI VU QU'IMAGASÉ L'AVAIT TOUJOURS, J'AI...
J'AI SENTI COMME UNE OBSESSION, ÇA M'A TERRIFIÉE...
...
JE ME FAIS SANS DOUTE DES IDÉES, MAIS...
TU NE TE FAIS PAS COURTISER PAR IMAGASÉ, AU MOINS ?
ET MÊME S'IL LE FAIT, TU LE REPOUSSES, HEIN ?
JE SAIS QUE TU ES DU GENRE À ACCEPTER TOUTES LES PROPOSITIONS, MAIS...
QUAND MÊME PAS AVEC UN HOMME ? TU SAIS CE QUE TU RISQUES ?
EUH... OUI...
TU ES INCAPABLE DE TE REFUSER À QUELQU'UN QUI TE TÉMOIGNE DE LA SYMPATHIE !
TAC !
TU SAIS QUE TES RELATIONS APATHIQUES NE MÈNENT QU'AU MALHEUR ?
COMBIEN DE FOIS TU M'AS FAIT LE COUP...
J'EN SUIS SINCÈRE-MENT DÉSOLÉ...
À CAUSE DE ÇA, TU M'AS LARGUÉ.
J'EN AI TELLEMENT PLEURÉ...
PLEURÉ ? TU FRAPPAIS, PLUTÔT...

CE N'EST PAS À CAUSE DE ÇA.
C'ÉTAIT DUR, MAIS JE T'AIMAIS TOUJOURS.
SI ON S'EST SÉPARÉS...
C'EST PARCE QUE TU NE M'AIMAIS PAS.
MAIS NON...
JE T'ASSURE QUE JE T'AIMAIS...
TU NE M'AS OPPOSÉ AUCUNE RÉSISTANCE QUAND J'AI DIT QUE JE TE QUITTAIS.
MAIS... JE N'ÉTAIS PAS EN DROIT DE TE RETENIR...
SI TU M'AVAIS VRAIMENT AIMÉ, TU N'AURAIS PAS PU TE RÉSIGNER SI FACILEMENT.
TU AS TOUJOURS ÉTÉ GENTIL, MAIS JE N'AI JAMAIS RESSENTI DE LA PASSION DE TA PART...
IL FALLAIT TE LE SIGNALER EXPLICITEMENT POUR OBTENIR UN BAISER OU DU SEXE...
POURTANT TU RÉPONDAIS TOUJOURS À L'APPEL.
C'EST NORMAL, NON ?
JE NE PEUX PAS T'Y FORCER !
QUAND ON EST AMOUREUX, ON NE CONTRÔLE PAS TOUJOURS SES PULSIONS.
J'AURAIS VOULU...
QUE TU M'EMBRASSES DE FORCE, AU MOINS UNE FOIS...

ENFIN...
DIRE QU'IL M'AURA FALLU TOUT CE TEMPS POUR ÊTRE FRANCHE...
C'ÉTAIT BIEN DE TE REVOIR...
JE PEUX TE RAPPELER ?
OK.
PAF
AAH-
BOUM !
ÇA VA ?
OUI...
ATTENTION !
AH LES IVROGNES...
...
...

DIS... TOUT À L'HEURE ...
QUAND TU DISAIS QUE TU M'AIMAIS...
C'ÉTAIT VRAI ?
...
ÉVIDEM-MENT...
ALORS...
RESTE ENCORE UN PEU AVEC MOI...
BAM

LAISSE-MOI LÀ...
ÇA IRA...
MAIS NON, TU TITUBES.
BOING
HÉ ! MARCHE DROIT !!
RAAH, ÇA VA PAS DE BOIRE AUTANT ?
LA CLEF...
...
OÙ ELLE EST... MA CLEF...
...
AH LA LA, CHERCHE SÉRIEUSEMENT !
DANS LA POCHE DE TON MANTEAU ?
ET DANS TON SAC ?
CLIC
CRII

TU RENTRES ENFIN...
SENPAÏ.
OH...
TU ES RENTRÉ ...
J'AI CRU QUE T'ÉTAIS PARTI AVEC CE TYPE...
BIEN SÛR QUE NON.
JE L'AI QUITTÉ JUSTE APRÈS.
POF
TU AS BEAUCOUP BU.
ÇA VA ?
HM...

JE TE REMERCIE DE L'AVOIR RACCOMPAGNÉ.
TU VEUX PEUT-ÊTRE UNE TASSE DE THÉ ?
...
NON...
IL EST... DÉJÀ TARD...
AH !
ALORS RENTRE BIEN.
BONNE NUIT.
ADIEU.
VLAM

PAF
LA RAMENER ICI EN PROFITANT DE MON ABSENCE...
TU ES VRAIMENT ABJECT !
SI TU SAVAIS CE QUE J'AI PU RUMINER EN ATTENDANT TON RETOUR...
SI TU CROIS QUE JE PEUX BANDER DANS MON ÉTAT...

J'AI FAIT EXPRÈS DE ME SAOULER...
POUR ÉVITER... LES SITUATIONS COMPROMETTANTES...
ALORS TU ÉTAIS PRÈS DE TE COMPROMETTRE ?
C'EST ÉCŒURANT...
ENLÈVE ÇA.
TU VAS LE FROISSER.
LE ZIPPO...
TU L'AS ENCORE...
NATSUKI ME L'A DIT...
J'AI FAIT EXPRÈS DE LE LUI MONTRER.
ELLE L'A DONC REMARQUÉ, IMPRESSIONNANT !
JE NE M'EN SERS PAS SOUVENT...
MAIS JE LE GARDE TOUJOURS SUR MOI...
ÇA NOUS RAMÈNE BIEN EN ARRIÈRE...
J'AVAIS COMPLÈTEMENT OUBLIÉ CETTE AFFAIRE...

CLAC
BRR
HÉ...
BALANCE PAS MON CADEAU...
TU NE T'EN RAPPELAIS MÊME PLUS.
TU CROIS QUE J'AVAIS VRAIMENT ENVIE D'UNE CHOSE QUE TU AVAIS REÇUE D'UNE FILLE ?
À L'ÉPOQUE...
J'ÉTAIS INCAPABLE DE T'AVOUER MON AMOUR, JE CHERCHAIS...
JUSTE...
UN PRÉTEXTE...
POUR EFFLEURER TES DOIGTS.

JE TE DÉGOÛTE ...
HÉ OUI, J'APPARTIENS À UN TOUT AUTRE MONDE.
D'AUTRES SONT PRÊTS À TOUT POUR TOI...
QU'EST-CE QUE JE PEUX T'APPORTER DE PLUS ?
MÊME SI JE TE LE DIS, TU NE ME LE DONNERAS PAS.
MON CORPS ?
IDIOT...
NE LUI DONNE PAS DE VAINS ESPOIRS.
IL FAUT QU'IL RENONCE À TOI.

IMA-GASÉ...
JE SUIS DÉSOLÉ.
DEPUIS TOUJOURS...
JE SUIS LA CAUSE DE TES SOUF-FRANCES.
CE N'EST PAS BON POUR TOI. IL VAUT MIEUX QU'ON S'EN TIENNE LÀ.
JE SUIS DÉSOLÉ.
SI SEULEMENT J'ÉTAIS GAY...
PARDON, IMAGASÉ...
PARDONNE-MOI...
QU'EST-CE QUE...
TU RACONTES ?
TU ME LARGUES ?
GRIP

GMM
...
NE ME DIS PAS UNE CHOSE PAREILLE SOUS L'EMPRISE DE L'ALCOOL...
...
...
C'EST À CAUSE DE TAKASUGI ET NATSUKI SENPAÏ, HEIN ?
JE SAVAIS QUE C'EST UN FLÉAU.
MAIS ILS ONT RAISON...
EN CONTINUANT À HÉSITER, JE TE BLESSE...
JE N'EN VEUX PAS, DE LEUR RAISON !!
SOIS ABSURDE !
SOIS IMPULSIF !
DOUTE TANT QUE TU VEUX, LAISSE-TOI ALLER, PERDS LA TÊTE !

TU ES INDÉCIS, LÂCHE... ET RETORS.
MAIS AUSSI GENTIL,
HONNÊTE ET LOYAL À TA MANIÈRE.
TU TE MONTRES DISTINGUÉ, MAIS TU CACHES AU FOND DE TOI TES DÉSIRS ET TES PASSIONS.
ET CHAQUE FOIS QUE JE LES ENTREVOIS, ILS ME LACÈRENT LE CŒUR.
DONNE-LES MOI !
JE LES DÉSIRE TELLEMENT !
GRAP

...!
HM...
H...
H...
SEN...
HM !
SMAC
...!
HM !
HM...
...!
...!
CRISH
...!

...
は... HAA
は... HAA
は HAA...
...
PROFITER DE TON IVRESSE POUR M'EMBRAS-SER DE CETTE FAÇON... SALAUD...
TU ME GRISES.
...
...
CRISH
HM
FF
AH

HA...
HM !
AH...
TAC
FF...
HM...
HAA
J'INTRO-DUIS...
SENPAÏ ...
BLITCH
BRR
HM !...
...!
ZWI...
HA !
HA

HA !
BRR
HA...
OUH
BRR
HM !
ZWIP
PLITCH
HM
HA !
ATT...
TENDS...
JE M... SENS... BIZARR...
JE VAIS... JOUI... R
ZWIP
PLOTCH
HA !
HA
AAH
PLITCH
HM
HA !
BRRRR
ZWIP

HAA
AAH !
AH
...!
...
HOOIF
QUOI ? TU AS OUBLIÉ, POUR HIER SOIR ?
COMMENT JE SUIS RENTRÉ ? QUAND JE SUIS REVENU À MOI, J'ÉTAIS SUR MON LIT, EN TRAIN DE...
ON A ÉTÉ ENFIN UNIS. TU RUGISSAIS À CHAQUE FOIS QUE JE M'ENFONÇAIS EN TOI ♡
MENTEUR !
C'ÉTAIT JUSTE LES DOIGTS ...
AH ! ALORS TU T'EN RAPPELLES ?
TU SAIS QUE TU M'AS SUPPLIÉ "NE ME DONNE PAS TANT DE PLAISIR" ?
NON ! JE NE M'EN SOUVIENS PAS !!
ET LE NOMBRE DE FOIS OÙ TU AS JOUI ?
TROP MIGNON

ÇA, JE NE ME LE RAPPELLE VRAIMENT PAS...
...
IMA-GA-SÉ...
TIENS !
TU N'EN VEUX PEUT-ÊTRE PAS.
MAIS...
ÉVIDEMMENT QUE JE LE VEUX...
C'EST LA PREMIÈRE CHOSE QUE TU M'AS DONNÉE.

...
TU ES SÛR DE TOI ? SI TU TE MONTRE AUSSI GENTIL, JE RISQUE DE M'ATTAQUER SÉRIEUSEMENT À TOI.
AH OUI ? PARCE QUE TU N'ÉTAIS PAS SÉRIEUX, JUSQUE LÀ ?
HU HU
QUAND JE M'Y METS, ÇA VA BIEN AU-DELÀ.
DE QUOI ?
JE DEVIENS MILLE FOIS PLUS DÉPRAVÉ QU'AVANT.
CRÉTIN...

LE JEU DU CHAT ET DE LA SOURIS

DIS KYOÏCHI...
TU NE VEUX PAS TE REMETTRE AVEC MOI ?
...
C'EST QUOI CETTE TÊTE ! TU VEUX PAS ?
CE N'EST PAS ÇA... MAIS...
NATSUKI ÉTAIT MA COPINE À LA FAC.
DIS-LE FRANCHEMENT SI TU VEUX PAS DE MOI !
ON S'EST RETROUVÉS RÉCEMMENT, APRÈS PLUSIEURS ANNÉES.
C'EST PAS CE QUE TU CROIS...
C'ÉTAIT MA RELATION LA PLUS STABLE, SI ON MET DE CÔTÉ MON EX-FEMME.
JE NE M'ATTENDAIS PAS À ÇA DE TA PART.
J'AI ÉTÉ SURPRIS...

À CETTE ÉPOQUE...
JE PENSAIS VAGUEMENT À L'ÉPOUSER À LA FIN DES ÉTUDES...
LA RÉALITÉ EN A ÉTÉ AUTREMENT.
TU M'AS LARGUÉ À LA SORTIE DE LA FAC.
DIRECT FRANCO...
C'EST VRAI, MAIS...
ON N'A QU'À CONSIDÉRER ÇA COMME UNE LONGUE DISPUTE.
EN TOUT CAS, MOI...
JE T'AIME, KYOÏCHI...
...
TU PEUX PRENDRE TON TEMPS POUR Y RÉFLÉCHIR...
MAIS J'AI JUSTE UNE QUESTION À TE POSER.
OUI ?
KYOÏCHI...
TU AS DÉJÀ COUCHÉ AVEC IMAGASÉ ?

C'EST QUOI, CETTE HISTOIRE ?! POURQUOI ELLE CROIT QUE J'AI COUCHÉ AVEC TOI ?!
ET COMMENT ELLE EST AU COURANT, POUR TOI ?!!
COM-MENT...
TU AS VRAIMENT TOUT OUBLIÉ ?
COMME TU ÉTAIS SAOUL, NATSUKI T'A RACCOMPAGNÉ
ET À LA MAISON, SOUS SES YEUX, TU AS...
MIAOUU
HOOON
CETTE NUIT-LÀ, TOI ET MOI AVONS ENFIN ÉTÉ UNIS.
LÀ, TU MENS !!
ON NE L'A PAS FAIT !! ET ON NE LE FERA JAMAIS !!
TU AS UNE MÉMOIRE BIEN SÉLECTIVE...

J'AI CONNU IMAGASÉ À L'UNIVERSITÉ.
C'EST UN GAY CAPRICIEUX QUI ME POURCHASSE, MOI, QUI SUIS UN HÉTÉRO DES PLUS BANALS.
IL DORT QUASIMENT TOUS LES JOURS CHEZ MOI.
LAISSE...
JE LE FERAI MOI-MÊME...
ON PREND NOTRE BAIN ENSEMBLE.
C'EST AGRÉABLE...
ON DORT DANS LE MÊME LIT.
(ENFIN, C'EST LUI QUI ME SUIT SANS ME DEMANDER MON AVIS.)
EN RETOUR, LAVE-MOI LÀ ...
AH OUI ?
JE TE L'ARRACHE ET JE LA FOUS DANS LA MACHINE.
ON S'HABITUE À TOUT.
TOUT ÇA FAIT MAINTENANT PARTIE DE MA VIE QUOTIDIENNE.
TU N'AS VRAIMENT QUE DES FRINGUES NOIRES, IMAGASÉ.
C'EST VRAI QUE ÇA TE VA BIEN.
HEIN ?
QU'EST-CE QU'ELLE TE VOULAIT, NATSUKI SENPAÏ ?
HEIN ?
IL N'Y AVAIT PAS QUE LE SOUPÇON HOMO AU PROGRAMME, NON ?

TU NE VEUX PAS TE REMETTRE AVEC MOI ?
...
EUH... NON... RIEN DE PARTICULIER...
AAH, TU ÉVITES LE SUJET !
JE ME DOUTAIS QU'IL N'EN SORTIRAIT RIEN DE BON.
AH LA LA...
ET SI ON Y ALLAIT, AVANT QUE LA PIE VOLEUSE NE T'ENLÈVE ?
?
OÙ ÇA ?
AU POINT DE NON-RETOUR.
...!
CRÉTIN.
HÉ...

BRRR
N...!
NON, PAS PLUS LOIN...
...
BLAM
VLAN
AÏE

あた…
AH...
PARDON...
POURQUOI TU T'EXCUSES ?
LE FAUTIF C'EST MOI, LE GAY QUI NE RESTE PAS À SA PLACE.
DIS PAS ÇA...
...
L'ESPACE D'UN INSTANT...
J'AI FRISSONNÉ...
À LA VUE DE MON REFLET...

NOON, J'AI TROP PEUUR !
ME FAIRE CONVOQUER PAR UNE SANGSUE GAY !
QU'EST-CE QUE JE VAIS DEVENIIR ?!
TU ES VENTRILOQUE ?
TON EXPRESSION ET TES PAROLES SONT MAL ACCORDÉES.
ET C'EST MOI QUI FLIPPE DEVANT TA TÊTE SUPER DÉTERMINÉE.
À LA FAC,
TU M'AS SOUVENT DONNÉ DES CONSEILS À PROPOS DE KYOÏCHI.
KYOÏCHI SENPAÏ T'A TROMPÉE...
ENCORE...
BOUH...

TU DEVRAIS PEUT-ÊTRE RENONCER À LUI ?
TU MÉRITES UN MEC BIEN MIEUX QUE ÇA.
MAIS ...
JE N'Y PEUX RIEN, JE L'AIME.
TANT QU'IL NE ME QUITTERA PAS DE LUI-MÊME... JE VEUX LUI PARDONNER.
ET PUIS KYOÏCHI...
EST MON PREMIER MEC.
QUAND J'Y RE-PENSE,
TU NE ME CONSOLAIS PAS, TU ESSAYAIS DÉSESPÉRÉMENT DE ME POUSSER À LE QUITTER.
EXACT.
AU FOND DE MON CŒUR,
J'AVAIS DES ENVIES DE MEURTRE.

TAC
EXCUSEZ-MOI.
TAC
LAISSE-LE MOI.
JE T'EN PRIE, NE L'APPROCHE PAS MAINTENANT.
ÇA NE SE VOIT PEUT-ÊTRE PAS, MAIS JE SUIS À BOUT.
J'EN AI BAVÉ...
POUR EN ARRIVER LÀ, ALORS QU'IL EST HÉTÉRO.

MAIS JE NE POURRAI JAMAIS RIVALISER CONTRE TOI.
C'EST POUR ÇA QUE JE TE LE DEMANDE :
DISPARAIS, S'IL TE PLAÎT.
DÉJÀ DIX ANS ...
JE SUIS FASCINÉE PAR TES EFFORTS, IMAGASÉ.
TU PEUX TE REPOSER, MAINTENANT.
SI TU ADMETS TA DÉFAITE, ÇA NE SERAIT PAS À TOI DE DISPARAÎTRE ?

EN CONTINUANT, TU NE SOUFFRIRAS QUE D'AVANTAGE.
ABANDONNE ET TU SERAS SOULAGÉ.
KYOÏCHI...
EST COMME UN RAT QUI SUIT LE JOUEUR DE FLÛTE D'HAMELIN.
JE NE VEUX PAS LE LAISSER SE NOYER DANS LA POURRITURE...
PARCE QUE JE L'AIME.
LA POURRITURE...
DIS-TU...
TU AS BIEN ENTENDU.
NATSUKI !
IMAGASÉ !!

QU'EST-CE QUE TU FICHES !!
POURQUOI TU AS CONVOQUÉ NATSUKI ?!
C'EST MOI QUI L'AI APPELÉ.
À TROIS, LES AFFAIRES SERONT PLUS VITE RÉGLÉES.
J'ESPÈRE QUE T'AS RIEN RACONTÉ DE LOUCHE À NATSUKI ?!
GHHHMM
T'INQUIÈTE ! LE SCÉNARIO DEVIENT ASSEZ PALPITANT.
DIS, TANT QU'ON Y EST...
KYOÏCHI, T'AS QU'À TE DÉCIDER MAINTENANT.
TU CHOISIS L'UN DE NOUS ET TU PASSES LA NUIT AVEC !!
QU'EST-CE QUE TU EN DIS ?

LE RECALÉ SE RETIRE SANS RECHIGNER...
C'EST CLAIR ET NET, JE SUIS PARTANT !
HEIIN ?!
CRÉTIN, N'EN RAJOUTE PAS !!
C'EST UNE BONNE OCCASION...
À MOINS QUE TU VEUILLES LAISSER TRAÎNER ÇA ?
...!
C'EST TROP BRUSQUE...
VOUS ME PRENEZ POUR QUOI ! JE NE PEUX PAS FAIRE MON CHOIX COMME DANS UN MAGASIN !!
QUOI, TU NE PEUX PAS CHOISIR ?!
HEIIN
ENTRE UNE FILLE
ET UN MEC ?
RIEN QUE LE FAIT QUE TU N'ARRIVES PAS À CHOISIR, ÇA ME CHOQUE !
EUH...
...
KYOÏCHI, TU ES SÛR DE TOI ?
IMAGASÉ EST GAY.

TU ES PRÊT À VIVRE DANS SON MONDE ?
SI TU Y ES DÉCIDÉ, JE NE DIRAI PLUS RIEN.
MAIS SI TU T'ES JUSTE LAISSÉ ENTRAÎNER JUSQU'ICI, TU SAIS QUE TU ES AU BORD DU GOUFFRE ?
SI TU NE T'ARRÊTES PAS MAINTENANT, TU NE POURRAS PLUS REVENIR EN ARRIÈRE !
TU L'ACCULES SANS PITIÉ.
TRÈS FÉMININ COMME MÉTHODE ...
MAIS SANS AUCUNE ISSUE, UN HOMME ÉTOUFFE.
SURTOUT QUELQU'UN COMME LUI.
SI JE LUI LAISSE UN ÉCHAPPATOIRE, IL VA FILER.
IL Y A DES MOMENT OÙ IL FAUT SAVOIR LES TENIR !
C'EST PEUT-ÊTRE POUR ÇA QU'À TRENTE ANS, TU N'ES TOUJOURS PAS MARIÉE ?
JE POURRAIS ! MAIS JE NE VEUX PAS !
HÉÉÉ !
VOUS AVEZ FINI DE VOUS DISPUTER SANS MOI !!
JE VOIS...
TU FAIS UNE FIXATION SUR TON PREMIER HOMME.

TU ES ASSEZ FLEUR BLEUE.
MAIS QU'EST-CE QUE TU VAS RACONTER LÀ !!
ET COMMENT TU SAIS ÇA, D'ABORD !!
HA HA HA, C'EST VRAI !
JE SUIS UNE PETITE INGÉNUE !
ET TOI ALORS, QUI EST TA PREMIÈRE FOIS ?
ÇA M'INTÉRESSE !
HÉ, ARRÊTE...
TU LE CONNAIS, KYOÏCHI ?
MAIS PAS DU TOUT !
MOI...
C'ÉTAIT EN SECONDE.
UN AÎNÉ DE MON CLUB.
UN MEC, BIEN SÛR.
IL M'A FAIT RESTER APRÈS LES COURS, SOI-DISANT POUR UN ENTRAÎNEMENT.
IL M'A PRIS DANS LA DOUCHE, PAR DERRIÈRE.
BAM
TAIS-TOI !!
JE NE VEUX PAS ENTENDRE ÇA !!

TU SAIS...
IMAGASÉ,
JE NE PEUX PAS TE CHOISIR.
C'EST IMPOSSIBLE POUR UN MEC NORMAL...
TU COMPRENDS ÇA ?

OUI...
JE SAIS RESTER À MA PLACE.
MA DÉCISION EST PRISE ...
ALLONS-Y.
CLAC
BON...
ON SE PREND UN HÔTEL DANS LES ENVIRONS ?

QUAND TU ES JALOUX, TU TE FÂCHES COMME TOUT À L'HEURE.
JE NE T'AVAIS JAMAIS VU AINSI.
ÇA SUFFIT, LAISSE-MOI MAINTENANT...
POURQUOI DE CETTE FAÇON...
POURQUOI !
MAIS C'EST TROP TARD.
TU N'AS PAS PU CHOISIR IMAGASÉ.
TU N'AS PAS PU TE DÉCIDER À L'ACCEPTER, ALORS IL FAUT EN FINIR.
TU VEUX ENTRETENIR SES ESPOIRS...
POUR LE BLESSER ENCORE ET ENCORE ?
UN COUPLE BANAL...
QUI SE FOND DANS LE PAYSAGE URBAIN.

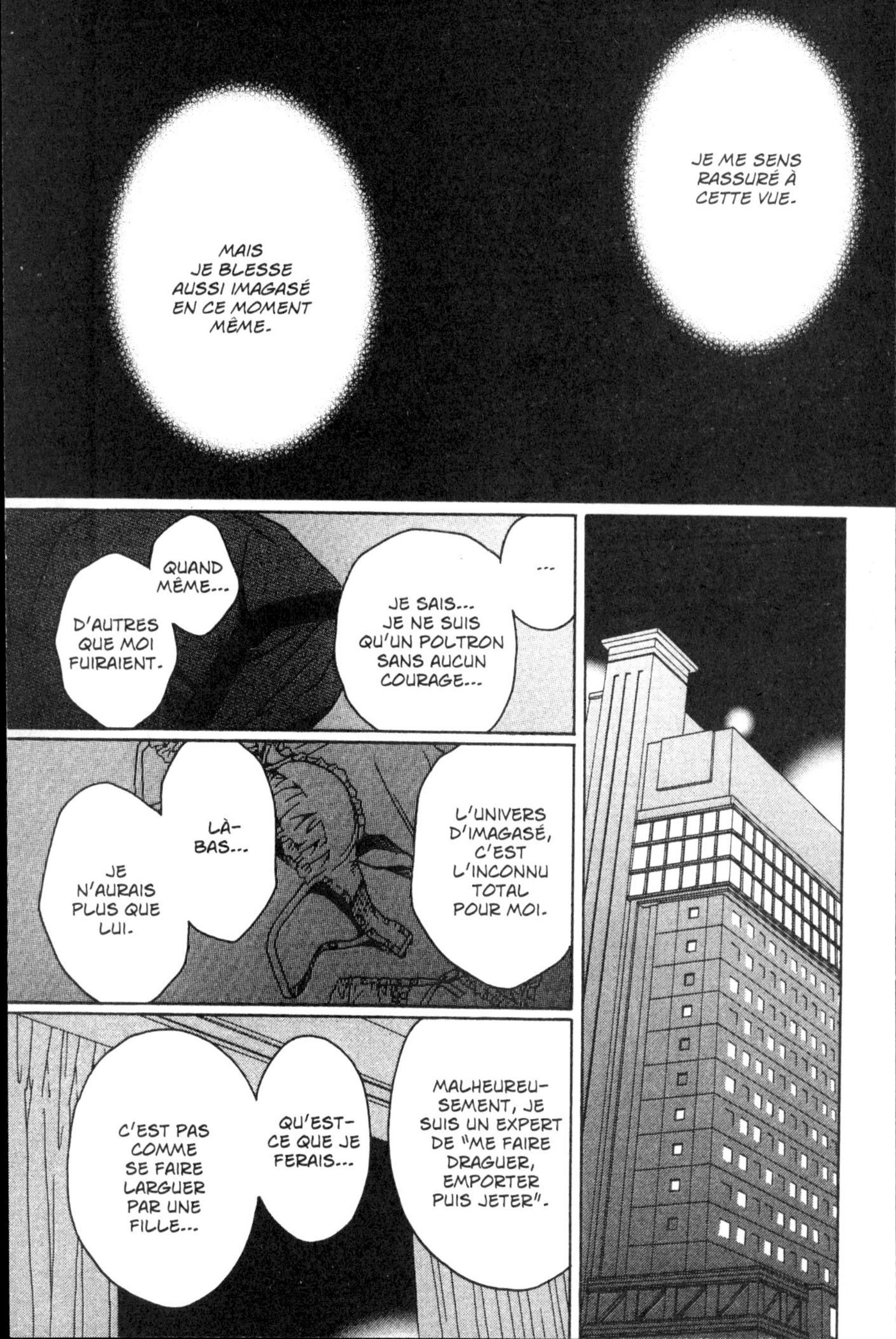
JE ME SENS RASSURÉ À CETTE VUE.
MAIS JE BLESSE AUSSI IMAGASÉ EN CE MOMENT MÊME.
...
JE SAIS... JE NE SUIS QU'UN POLTRON SANS AUCUN COURAGE...
QUAND MÊME...
D'AUTRES QUE MOI FUIRAIENT.
L'UNIVERS D'IMAGASÉ, C'EST L'INCONNU TOTAL POUR MOI.
LÀ-BAS...
JE N'AURAIS PLUS QUE LUI.
MALHEUREU-SEMENT, JE SUIS UN EXPERT DE "ME FAIRE DRAGUER, EMPORTER PUIS JETER".
QU'EST-CE QUE JE FERAIS...
C'EST PAS COMME SE FAIRE LARGUER PAR UNE FILLE...

S'IL SE LASSE DE MOI, IMAGASÉ EN TROUVERA D'AUTRES.
MAIS MOI,
S'IL ME LAISSE TOMBER,
QU'EST-CE QUE JE FERAIS ?
C'EST À IMAGASÉ ET PAS À MOI QUE TU DOIS LE DIRE.
À FORCE DE RUMINER, TU N'ARRIVES MÊME PLUS À BANDER !
TU ES PITOYABLE COMME MEC.

JE SUIS... LÀ...
IMA-GASÉ,
TU ES LÀ ?
...
CLAC
IMA-GASÉ,
TU POURRAIS RÉPONDRE ...

IMAGASÉ !!
SPLOOSH
IMAGASÉ ! HÉ !!
IMAGASÉ !!
OUH...
ÇA VA ?! HÉ !!
AH... JE ME SUIS ENDORMI...
OUF...
NE ME FAIS PAS DE FRAYEUR COMME ÇA !
TU AS CRU À UN SUICIDE ? IL FAUT TE DÉSENFLER LA TÊTE !
JE NE VAIS PAS ME LAISSER MOURIR JUSTE PARCE QUE TU M'AS LARGUÉ.

JE SAIS !
... SENPAÏ...
TA CHEMISE... TU VAS LA TREMPER.
JE M'EN FICHE.
TU ES BIEN GENTIL, TU ESSAIES DE ME CONSOLER ?
AVEC NATSUKI SENPAÏ, TU AS...
ARRÊTE, C'EST FINI, CETTE HISTOIRE !
SENPAÏ ...
GMMM
...

JE N'EN PEUX PLUS !
JE SUIS À BOUT !
JE NE LE RÉPÉTERAI PLUS, C'EST LA DERNIÈRE FOIS.
SI TU REFUSES CETTE FOIS, JE NE TE TOUCHERAI PLUS JAMAIS.
COUCHE AVEC MOI.
JE PRENDRAI SOIN DE TOI.
COUCHE AVEC MOI !

TU N'AS QU'À DIRE "NON", TU SAIS.
TU ES SI GENTIL.
C'EST POUR ÇA QU'IL Y A DES GENS COMME MOI QUI EN PROFITENT.
FAIS ATTENTION À TOI...
JE SUIS DÉSOLÉ, SENPAÏ.
TA CHEMISE EST TREMPÉE...
JE SUIS DÉSOLÉ.
CE N'EST RIEN.
JE M'EN FICHE...
ON VA PRENDRE NOTRE BAIN ENSEMBLE.
ON VA DORMIR DANS LE MÊME LIT.
FINALEMENT, ON VA CONTINUER À VIVRE COMME AVANT.

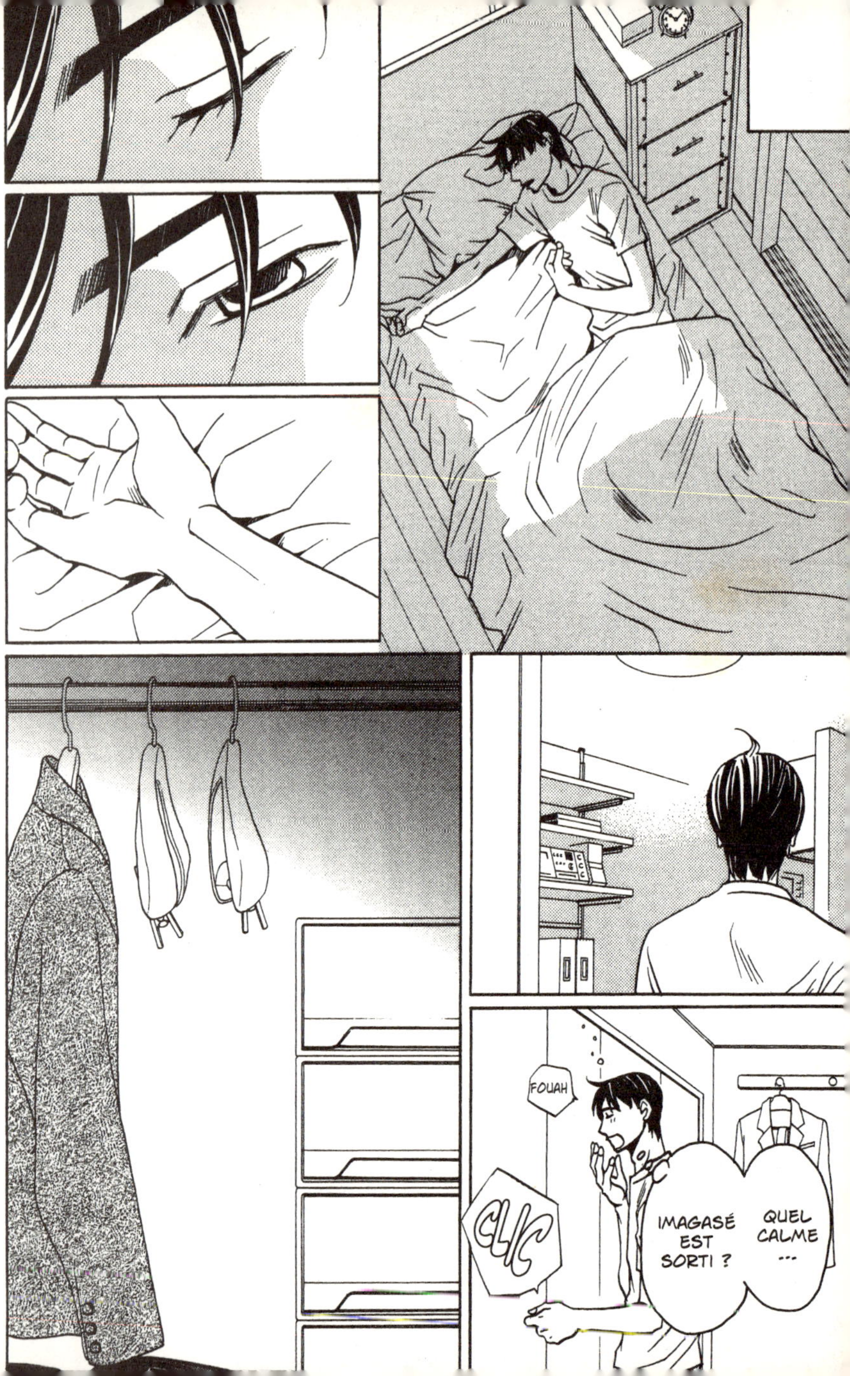
FOUAH
CLIC
QUEL CALME ...
IMAGASÉ EST SORTI ?

LES VÊTEMENTS NOIRS D'IMAGASÉ...
OÙ SONT-ILS PASSÉS ?
SON LINGE...
SON SAC...
OÙ SONT-ILS ?
BIP
...
"LE NUMÉRO QUE VOUS AVEZ COMPOSÉ...
N'EST PAS ATTRIBUÉ.
VEUILLEZ VÉRIFIER LE NUMÉRO DE VOTRE CORRESPONDANT..."

IL NE RESTAIT DE LUI QUE DES MÉGOTS.
C'ÉTAIT TOUT...
IL AVAIT POURTANT DIT QU'IL ÉTAIT "À BOUT".
MOI...
JUSQU'AU DERNIER MOMENT
JE N'AVAIS RIEN COMPRIS.
AH... TU PARLES D'IMAGASÉ ?
J'EN SAIS RIEN.

PLUS AUCUNE NOUVELLE, DEPUIS.
ÇA A LE MÉRITE D'ÊTRE CLAIR.
IL AVAIT BEAU INSISTER, JE ME REFUSAIS À LUI.
ALORS IL EN A EU MARRE AU BOUT D'UN MOMENT.
...
POURQUOI MOI, D'ABORD...
PEUT-ÊTRE QU'IL AVAIT JUSTE ENVIE DE GOÛTER À UN HÉTÉRO.
DEPUIS, IL A DÛ TROUVER UNE AUTRE PROIE...
IMAGASÉ...
N'EST PAS COMME ÇA.

DEUX MOIS PLUS TARD
OTO-MO !
HÉ, OTOMO !
ARRÊTE DE RÊVASSER, LA RÉUNION COMMENCE.
AH... OUI.
DÉSOLÉ...

C'EST SYMPA, HEIN ?
IL Y A CINQ SORTES DE SOURCES CHAUDES, TOUTES PRIVÉES.
ET POUR LE REPAS ?
ÇA TE DIRAIT QU'ON SE FASSE UN PETIT FESTIN, AVEC HOMARDS ET ORMEAUX ?
KYOÏCHI !
TU M'ÉCOUTES ?
EUH... OUI, PARDON.
TU PARLAIS DE... SOURCES ?
DU PROCHAIN WEEK-END PROLONGÉ !
ON S'ÉTAIT DIT QU'ON PARTIRAIT ENSEMBLE.
TU SAIS QUE J'AI DÉJÀ RÉSERVÉ L'HÔTEL ?
TU NE VEUX PLUS PARTIR ?
AH...
SI SI.
DÉSOLÉ DE TE LAISSER T'OCCUPER DE TOUT.
ON VA SE BAIGNER...
SE REPOSER...
ET LE PARC BANANA-WANI*, ÇA TE DIT ?
HÔTELS DE CHARME

WANANA-BANI ?
TU VEUX VOIR DES BANANIERS ET DES CROCODILES ?
OUI ! OUI !
SURTOUT LES PANDAS ROUGES !
QUOI ?
MAIS ÇA N'A AUCUN RAPPORT AVEC TOUT LE RESTE...
...
DÉSOLÉ, NATSUKI ...
JE TE CAUSE DU SOUCI.
MERCI.
J'AI HÂTE D'Y ÊTRE.
CLIC
BAM

L'ODEUR D'IMAGASÉ N'A PAS ENCORE QUITTÉ CETTE PIÈCE.
POUR ÊTRE EXACT...
IL S'AGIT DE "L'ODEUR DES CIGARETTES D'IMAGASÉ".
JE POURRAIS LES JETER QUAND JE VEUX.
N'IMPORTE QUAND...
JE ME RÉPÈTE ÇA DEPUIS...
DÉJÀ DEUX MOIS...
LE TEMPS PASSE VITE...
JE CRAINS...
VRAIMENT...
...
JE VAIS LES JETER.

SSH
TU N'ES PAS ENCORE CHEZ TOI, KYOÏCHI ?
J'AI ÉTÉ RETENU AU BOULOT... JE RENTRE, LÀ.
TU AS VU COMME IL PLEUT ?
ON PART DEMAIN... J'ESPÈRE QUE ÇA VA S'ARRÊTER.
DEMAIN MATIN, 10 H À LA GARE DE SHINAGAWA.
PAS DE RETARD, HEIN ?
OK.
OK...
CLAC
TAXI
のりば

SSH
TAXI
のりば
CPOWN
SPLASH

BAM
À IKÉJIRI.
BIEN.

SSH
BONSOIR, SENPAÏ.
TU AS L'AIR EN FORME.
TU ME VEUX QUELQUE CHOSE ?
JE TE PRIERAIS DE PARTIR QUAND TU AURAS FINI.
JE VAIS VOIR MON MEC, LÀ.
AH...
TON MEC...
C'EST VRAI.
EN DEUX MOIS, TU AS EU TOUT LE TEMPS DE CHERCHER.

NATSUKI SENPAÏ VA BIEN ?
OUI...
...
SHWIP
ALORS ?
QU'EST-CE QUE TU ME VOULAIS ?
...
...
...
TES MÉGOTS...
HEIN ?
TES MÉGOTS...
TU LES AS LAISSÉS... CHEZ MOI...
ILS PUENT LE TABAC FROID...

AH OUI ?
J'EN SUIS NAVRÉ.
NE ME DIS PAS QUE...
TU NE LES AS PAS ENCORE JETÉS ?

JE N'AI PAS PU...
C'EST TOUT CE QUI ME RESTAIT...
QUEL IDIOT JE FAIS !
JE LES JETTERAI AUJOURD'HUI.
MONSIEUR,
DÉPOSEZ-MOI LÀ...
SENPAÏ !
POURQUOI...
POURQUOI TU NE M'AS PAS APPELÉ ?!
JE T'ATTENDAIS !
J'AI ESSAYÉ !
C'EST TOI QUI AS CHANGÉ DE NUMÉRO !!
TU AVAIS MON NUMÉRO PROFESSIONNEL !
ET TU AURAIS PU VENIR CHEZ MOI OU À MON BOULOT !!
JE NE VAIS PAS TE HARCELER ALORS QUE TU ME FUIS !!
D'AILLEURS, TU T'ES TROUVÉ UN NOUVEAU MEC !
EN SEULEMENT DEUX MOIS !
J'AI COMPRIS !!

POUR TOI, CAJOLÉ PAR NATSUKI SENPAÏ, C'ÉTAIT "SEULEMENT DEUX MOIS".
MAIS POUR MOI, C'ÉTAIT LES PIRES MOIS DE MA VIE.
LES JOURNÉES SE SUIVAIENT MAIS J'ATTENDAIS TOUJOURS UN APPEL IMPROBABLE DE TA PART.
UN TYPE DE MON ÂGE, ANÉANTI PAR UNE RUPTURE AMOUREUSE, INCAPABLE D'AVALER QUOI QUE CE SOIT, SÉCHANT LE TRAVAIL PENDANT UNE SEMAINE... J'ÉTAIS UNE LOQUE HUMAINE.
TU PEUX ME DIRE CE QUE TU VEUX.
DANS LES FAITS, TU COUCHES DÉJÀ AVEC UN AUTRE.
C'EST BON, ON VA EN FINIR !!
JE N'AI PAS ENCORE COUCHÉ...
NE ME MENS PAS, ÇA ME DONNE ENVIE DE TE CASSER LA GUEULE !!
J'ÉTAIS EN CHEMIN POUR BAISER AVEC LUI !!
J'AI ÉTÉ TREMPÉ PAR LA PLUIE, ÇA A ATTISÉ MA DOULEUR.
POUR LA PREMIÈRE FOIS, J'AI VOULU T'OUBLIER ET ME LIBÉRER DE CE POIDS, QUEL QU'EN SOIT LE MOYEN.
JE NE MENS PAS !!

ET TOI ! POURQUOI !?
JUSTE À CET INSTANT !!
TU DÉBARQUES POUR...!
SENPAÏ...
C'EST VRAIMENT TOI.
MONTRE-MOI BIEN TON VISAGE.

PAS QUESTION !
JE N'EMBRASSERAI JAMAIS QUELQU'UN QUI A UN AUTRE MEC !!
QUITTE-LE !!
QUITTE-LE SUR LE CHAMP !!
ICI MÊME !!
APRÈS, ON VERRA !
TCHAC
BIP
BIP
...
OUI.
C'EST MOI.

MAIS QU'EST-CE QUE JE FAIS...
DÉSOLÉ, JE NE PEUX PLUS VENIR.
NON...
C'EST DÉFINITIF.
NON, JE NE DOIS PAS.
JE NE TE REVERRAI PLUS JAMAIS.
LE CONDUCTEUR NOUS REGARDE, J'AI L'AIR DE QUOI ?
HEIN ?
QUOI ?
NON.
J'AI JUSTE DIT QUE TU ÉTAIS MIGNON.
JE NE T'AIME PAS.
ARRÊTE DE TE FAIRE DE FAUSSES IDÉES.
JE DOIS VITE RENTRER ET ME PRÉPARER POUR DEMAIN.
MAIS NON.
ÉCOUTE...
DEMAIN 10 H...
QUELLE GARE, DÉJÀ...
ZUT, IL M'ÉNERVE.
QUI C'EST, LE TYPE AU BOUT DU FIL ?
JE N'AI PAS À TE DONNER D'EXPLICATIONS.
JE NE TE DOIS RIEN.
NON...
JE N'EN PEUX PLUS.
GMM
JE RACCROCHE...
JE SUIS PRESSÉ.
ALLEZ, SALUT.
NON.
GLAC

IMAGASÉ...
TU...

TU M'EFFRAIES !
TOI AUSSI,
TU ME TERRIFIES, TU SAIS ?

SSHHH
HM
...
...

AH...
C...
...!
PLITCH
PLITCH
LA SENSATION D'UNE CHAIR BRÛLANTE ET TENDUE...
QUI TÂTE LE TERRAIN.

HAA !
C...
ZWIP
...!
AH
AAH
...!
ZWIP

UNE SENSATION...
QUI M'INCISE DOUCEMENT...
ET QUI SE FRAIE EN MOI.
HAA !
AH
TCHIC
SPROTCH
AH

ZZZ
ZWIP
ZWIP
HA...
UNE SENSATION QUI VA ET VIENT...
PLOTCH
PÉTRIT...
ZWIP
AH
PLOTCH
ZWIP
UNE SENSATION...
QUI SOULÈVE MES ENTRAILLES.
AH...
ET FINIT PAR FONDRE...
PLOTCH

UNE SENSATION
QUI ME PÉNÈTRE
PROFONDÉMENT...
C...
AH
BRR
...!
BOBOM
PLIC
HM !
POUR Y
JAILLIR.
BLOP
C...

SSH
ズル
ZWIP
HAA
HAA
ZWP

SPLASH
AAH !
PLOTCH
ZWIP
AH
PLOTCH
ZWIP
AH
AH...
...!
...!

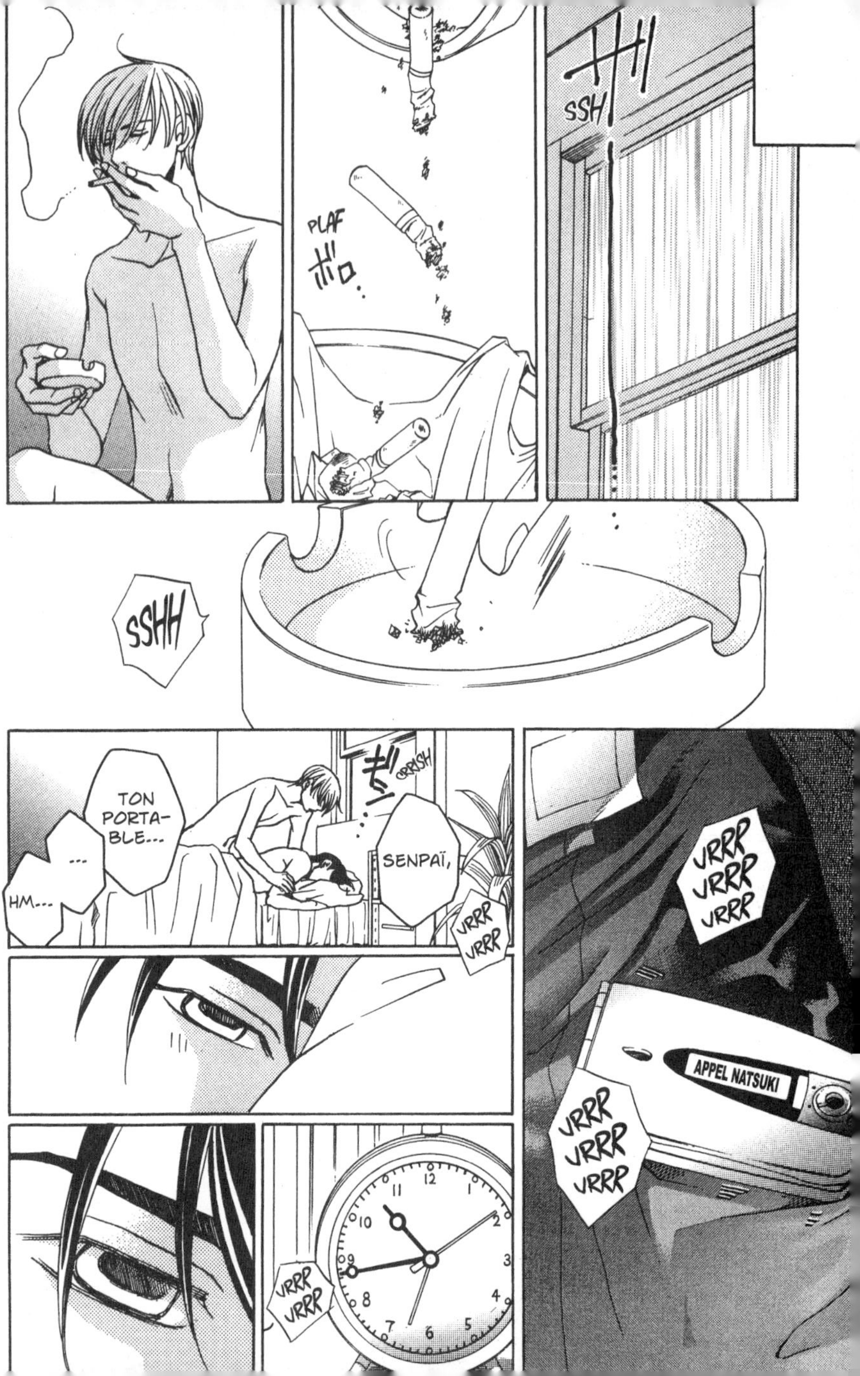
SSH
PLAF
ボロ...
SSHH
CRRISH
SENPAÏ,
TON PORTABLE...
...
HM...
VRRR VRRR VRRR
APPEL NATSUKI
VRRR VRRR VRRR
VRRR VRRR
VRRR VRRR

VRRR VRRR VRRR
OLIVE OIL EXTRA VIRGIN
VRRR VRRR VRRR
...
DE L'HUILE D'OLIVE...
JE ME DISAIS QUE ÇA GLISSAIT UN PEU TROP BIEN...
HIER, IL FAISAIT SOMBRE, JE NE L'AI PAS VUE.
DÉSOLÉ !
ELLE ÉTAIT À PORTÉE DE MAIN.
SSH
VRR
C'EST FAIT...
IL PLEUT À VERSE...
TU AS VU...
ET APRÈS ÇA...
QU'EST-CE QUE JE VAIS DEVENIR ?

VAIS-JE M'Y NOYER ?
PLUIE DILUVIENNE SUR TOKYO.
ON A PASSÉ LE WEEK-END AU LIT.
LE JEU DU CHAT ET DE LA SOURIS · FIN ·

ATTENTION !

Vous ê tes ici à la fin de l'histoire, ce livre est é dité en sens de lecture original japonais. Pour bien suivre les bulles et pages, vous devez lire de droite à gauche et de haut en bas.

KYUSO WA CHEESE NO YUME WO MIRU by setona Mizushiro

Original Japanese edition published in 2006 by Shogakukan Inc., Tokyo.
French translation rights arranged with Shogakukan Inc.,
trough The Kashima Agency.

Édition française : © 2008 Asuka é ditions
12, rue Vivienne 75002 Paris
Site internet : www.asuka.fr
Email : info@asuka.fr

Traduction : Miss S
Adaptation : Claire Deslandes
Correction : Adeline Fontaine
Lettrage & maquette : GB One
Couverture : Mr Jetko

Achevé d'imprimer en France en avril 2008
sur les presses de l'imprimerie CPI Herrisey à Evreux.

Depot legal : Avril 2008

Les ouvrages Asuka Éditions sont Diffusé s et distribué s par Interforum Editis.